横川唐陽『唐陽山人詩鈔』本文と解題

横川端・佐藤裕亮 編
YOKOKAWA Tadashi
SATO Yusuke

論創社

横川唐陽『唐陽山人詩鈔』本文と解題◇目次

『唐陽山人詩鈔』細目次

#『唐陽山人詩鈔』細目次

卷二

卷　三

卷四

巻五

卷　六

『唐陽山人詩鈔』本文影印

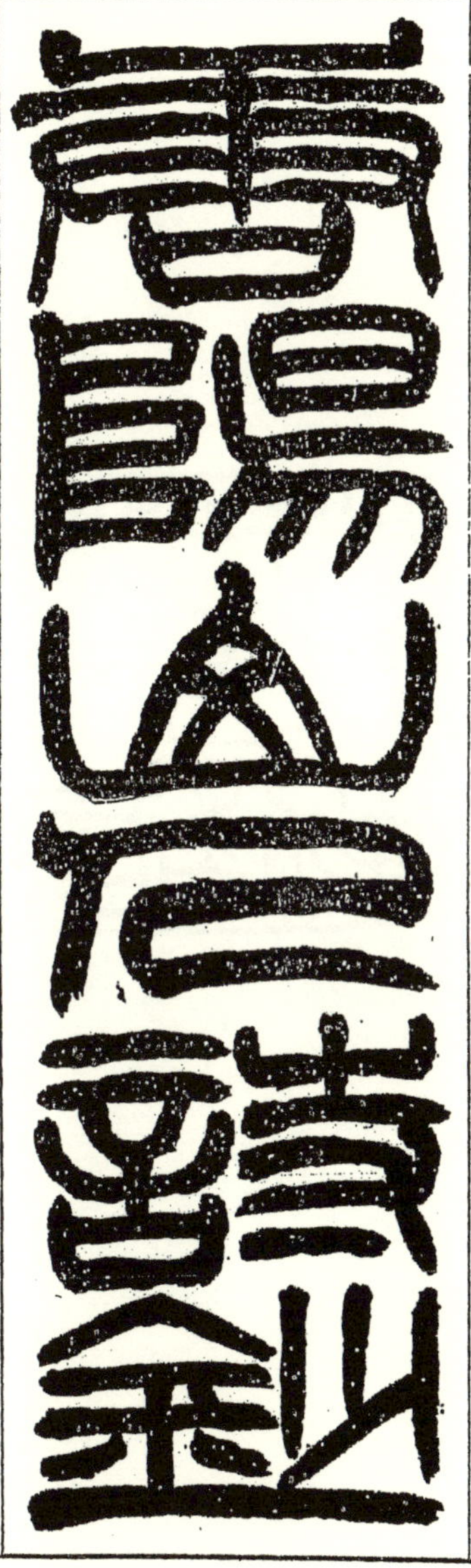

序

唐陽横川君以醫官在陸軍二十四年從日清日露兩役又就任東中二京南海北海諸處戍役北京天津臺灣遼陽等皆有功績就中日露之役在第一師團以衛生隊醫長出入生死之際能完其職責其隊受感狀君功居多云君公餘學詩于槐南詞宗刻苦砥礪與寧齋霞庵東郭諸子爲所謂雪門翹楚故宦迹到處吟詠太富所得詩長短一千餘篇何其盛也近歳退現役住東京澁谷街專業醫前日近鄰失火延燒君宅典籍書畫皆歸烏有君嘆惜不措頃來訪予廬曰平生所作稿本

幸免祝融之害友人爲吾欲鈔而刻之請一言題其首予觀君詩巧而不纖淸而能腴得蘇長公雋味其才華魄力寔足與康乾諸豪相匹敵鷗外森博士爲君上司常服君詩每一吟成就君求益呼以先生嗚呼君之於詩亦可稱國手矣哉大正壬戌孟冬書于城北青原草廬九峰高嶋張時年七十七

序

壬戌之秋吾友唐陽山人遭災圖籍家具蕩然歸烏有一筐獨存于燼餘即多年所作詩稿也不亦天幸乎山人忻然整理舊稿釐爲若干卷友人捐資刊之山人問詩槐南森氏出入唐宋諸家所崇奉不專一家去卑而就高避縟而趨潔澄汰衆慮淸思黝冥松寒水淨不可近覩其懷古攬勝之作已橫騖別驅淸峭奇麗使人不可擬議今此一集固生平心血所注一字一句皆慘澹經營而成其流播于世可知也已嗚呼詩賦文章之傳不傳蓋亦有數焉雖祝融氏之暴其如吾唐陽何唐陽

徵一言乃書此以弁卷耑是歲十一月古敢磯野惟秋
撰

唐陽山人詩鈔目錄

古今體詩一百八十四首

卷六

今體詩一百四十六首

唐陽山人詩鈔卷一

東京　橫川德　唐陽

天長節恭賦

楓葉初紅菊尚黄君王萬壽酒千觴從今酩酊酬佳節
誰敢重陽說杜郎

十一月念五不忍池畔觀競馬

群驁逸足戞金羈湖上游人塵滿衣翻愛水心雙白鷺
夕陽紅裏試低飛

題磐山人畫二首

細柳新蒲綠拂衣午風盪碧水紋微漁家傲處無人識

一曲滄浪鼓枻歸

面面漁莊掩板扉秋風江上蓼花肥家鳧離水一群影
帶得半灣殘照歸

己丑元旦懷槐南先生在春畝公夏嶋別業

傑閣摩空仙嶋東居然人在水晶宮曉山含笑雲霞綠
海日初昇天地紅應有嬌姬侑嘉酒可無妙句頌名公
啣杯揮筆尋常事想見靑蓮氣格雄

東台二首

惆悵東台日易斜綺羅如夢惜年華果然兒女無愁思
故向風前弄落花

殘日影沈鐘出林扇前衫後落花深醉人妙語醒人和
萬樹明朝是綠陰

寄題松柯隱士山莊

鷦鷯賴得一枝安官海波濤冷眼看石壁雲光射前壑
鏡潭月影動微瀾中峰梵唄燈痕閃半夜松風鶴語寒
此境閒吟淸福足祇應泥土視朝冠

六月十六夕竹篠幽居即事

風前好把曲闌凭樓角東山月未昇隔竹流螢三四點
飛來閒却讀書燈

夏日田家

濕雲低壓暮煙飛一帶青田欲沒扉磔磔秧鷄啼不斷
碧空濛裏雨霏微

秋夜二律

飄零千里氣難平更入悲秋魂夢驚天上一輪明月影
城中萬戶搗衣聲懷鄉心緒此時切處世功名何日成
贏得悽惶遊子泪與他江水共盈盈
家山猿鶴憶吾不落拓江湖奈薄遊欲向詩書尋至樂
懶隨兒女譜無愁鬢毛漠漠沙塵迫天地堂堂日月流
一事不成秋又暮淒寒夜透鷫鸘裘

小春散策用寧齋晴瀾二子唱和韻

溪邊掃葉趣偏幽一路野村村盡頭落木與僧爭瘦影
夕陽滿地寺門秋
蘆花蕭瑟晚風起人立宛然圖畫裏嘹唳一聲聲攪雲
如繩征雁落寒水
覇畧茫茫凋大樹將軍祠畔秋風暮把君詩卷幾踟躕
信有畫中山似故
紛紛大道漲香塵追念東風三月春今日問楓尋菊客
昔時拾翠踏靑人
閒游半日杖藜尋山色湖光秋正深憶得家園此時節
一聲呦鹿契幽心

江上

峭風悽緊襲衣來殘柳蕭蕭亭堠隈搖落還關臣玉恨
文章誰解子山哀蒼涼雲樹夕陽遠浩淼煙波秋燕回
故國弟兄魚雁斷臨江極目片帆開

庚寅元旦

屠蘇到手意何如習習東風吹我廬欲着新詩還自笑
開春第一苦吟初

次森川雲卿上日詩韵二首

報道靑春到東風作意吹物華新曆日筆硯舊親知強
試巴人調羞賡幼婦詞楳花先破笑吟苦費敲推

東風何料峭剪剪逼人吹殘雪鬢心怯餘寒病骨知遺
愁傾我酒排悶誦君詞月下來吟侶柴門任客推

寄題石城叟四顧皆山樓

好棲隱處記游陪不着纖塵與點埃似把青山作籬落
直看空翠撲樓臺有時嵐氣無邊合臨曉雲光四面開
旭日曈曨天一角嶽蓮萬丈揖人來

暑暇將歸鄉有作

茫茫面目笑塵埃客土消磨奈此才貧病爲緣如我易
窮通亦命有之哉淸風鄉國同心待大熱京城酷吏來
賦到歸歟今夜好擲觴夢踏亂山堆

征程數盡碧嶙峋理得一肩行李新途未至窮憐樗櫟骨如此瘦出京闉固非破浪乘風客便似入山求藥人故國豆棚瓜架好丁寧欲護病餘身

銷夏偶咏

日氣無痕露氣香便抛蕉扇試徜徉黃昏一雨蘚苔活青得小庭能樣涼

新秋

節物欲秋時園林氣味宜雨過無暑熱天碧冷心脾初月銀河澹新涼絡緯知豆花籬下臥風露晚來滋

絶句

平分秋意上輕紈清夜蟲啼銀井欄驀地嫩涼詩思動
滿庭風露月丸丸

早涼如水曙光催風露凄清撲袂來正是盂蘭盆會近
橫塘昨夜白蓮開

愛宕山寺

白雲迎客寺門開疑入清涼國裡來竹氣苔痕青滿地
更餘何處著塵埃

鄉詠五首

莊嚴金碧臥嶙峋不著人間半點塵老樹刺天疑劍戟
白雲如幕護宮闈千秋崇祀史乘重終古山川威德新

稽顙捧來男子願日東第一大軍神 諏訪神社

四面芳塘十里長景光明媚水蒼茫琵琶以外無斯勝
甲信之間開一鄉狐女踏氷何附會梟雄沈骨亦荒唐
玲瓏唯有岳蓮影萬頃波心千古香 諏訪湖

層嵐積翠日光遲不斷磬聲林壑知念佛堂寒巖霧鎖
坐禪窟破石門欹草衣道士贈雲處木食上人臨水時
我也他年淨緣好彌陀寺裏作沙彌 唐澤山寺

杖藜尋到白雲村無復城中車馬喧流水千年長繞寺
清風盡日不離門松花漠漠仙壇濕竹粉霏霏佛面昏
更想夜深空磵月冷光照徹老僧魂 三光精舍

皷聲喧聒撼村扉眼看黃雲連翠微天道人情無有別
五風十雨不相違唯修秋社酬辛苦何害醉歌忘夕暉
早被唐賢描此趣鷲湖山下稻粱肥湖畔

題歸省詩卷後

歸臥六旬眞樂全家園風露早涼天耽詩作癖甘疎懶
對酒有時偏放顚膝下醉吟慈母笑月中孤詠素娥憐
卅篇文字愧吾拙唯好豆棚瓜架傳

秋懷

客路光陰駟馬馳笑吾骨裏未無詩爲文字鬼因緣了
此鐵石腸天地知久以書生傲侯伯何妨筆硯累男兒

殘衫破帽洛陽市又到秋風蕭颯時

直教淑氣浸吟脾一壑一丘吾所思投杖葛坡龍躍處
吹笙緱嶺月來時每聞絕勝魂先走不踏名山骨不奇
蓮嶽馬溪秋色好何年賦到壯游詩

晩鐘敲破宿雲收人倚江頭賣酒樓玉篴須吹此良夜
桃笙忽冷是中秋一灣蘆荻霜痕動四面蘋花露氣流
月白風淸微醉去碧天如水更悠悠

北來新雁唳寥空不試登高興會同佳節酒香何冷淡
少年心地抵英雄舞揮長劍割雲紫醉擲大杯挑燭紅
準擬重陽狂若此夢中消受菊花風

陰蟲鳴咽草堂隈詩骨自憐銷瘦催雲意雲容連日冷
秋風秋雨一時來忽如有響梧桐落終至無聲蕉葉摧
欲寫荒涼入新賦縱非臣玉也堪哀

冷月無聲落木荒眼前景物盡淒涼怪來天上銀河水
凍作人間午夜霜綠鬢此時齊欲白從頭游子不妨狂
醉歌要敵秋寒切一笑當罏典鷫鸘

燕去鴻來節物殘薄游滋味竟悲酸逢人枉道長安好
入世方知旅食難亭堠連雲鄉國遠秋風吹枕客燈寒
北堂萱與東籬菊幾度家園夢裏看

鄉人崎姥山三周忌辰賦

三年前事轉低徊生怕一聲鄰篴催淒雨撲牕燈火絕
悲鴻遍野訃音來當時無淚爲過痛今日捫心祇益哀
默誦遺文炷香坐白雲千里弔英才

村園

殘菊數枝橫短牆闌風伏雨去倉皇枇杷漸發鄰家圃
屋瓦微留昨夜霜一樹狂花秋蜨聚滿窓晴日晩橙香
重陽既過小春近暖靄如煙籠野莊

讀張船山詩草

繡被聯吟好夢圓可憐霜髮映金鈿誰教白也携春草
閒拉淸娛伴馬遷老有風情納姬妾自言婚宦誤神仙

先生此段癡殊甚却笑當年似內篇

次韻酬野口寧齋

雄篇壓世氣如虹更有勻裁及碧紅筆亦粲花疑妙舌
文能廻錦織秋楓先人詩素謫仙匹夫子才應長吉同
我輩下風三避舍詞壇君是黑頭公

次槐南先生辛卯新春漫興詩韵

東台鐘報洛陽春繞屋小禽聲亦新早使梅花伴吟苦
倘無詩句遇師瞋學佗黃鳥出窮谷未及芳盤陳五辛
認得軒軒霞擧處拜年先踏麴街塵
千代田城是鳳城雍雍車馬後先行貴人衣映長溝柳

上苑松呼萬歲聲佩玉鳴鑾動金殿仙笙龍篴和宮鶯
太平天子臨春宴應憫諸公髀肉生
陽和景物要思量爲鼓詞心一倍剛行樂唯宜少年日
韶光將啓衆芳塲梅含白任野鴬弄誰踏青教春草荒
儘被東風催杖履看花債好自今償
休論文字不當錢春入新篇動九天聖世扶輪有騷雅
風流今日見唐賢笑言酒國醉仙侶枉執詞壇將帥權
壓倒舍人才一代早朝誰和著鞭先

森川竹磎得閒集題詞

晨夕相看笑拍肩兼葭倚玉亦前緣善詩君是風流漢

力學吾非惡少年終使交情同骨肉休將異姓恨人天
丰容一事慙羞足眞似毛曾伴夏玄
彫文鏤采絕清新暈碧裁紅費苦辛何害以身投嗜好
祗愁善病累才人看來瘦骨全疑竹呼做此君仍媚春
一笑詩多脂粉氣海棠茉莉是同倫
新篇看爾入彫鐫如我詞人轉赧然笑指糟邱稱樂土
拚將酩酊愛狂顚筐中詩久飽魚蠹囊底貧唯爲酒錢
敢擬張郎誇好句不災梨棗亦流傳

病中枕上偶得

竟思跨海斬長鯨說劍談兵豪氣橫忽被病魔來逼迫

大言今日悔平生

枕邊盡日藥煙遮幾檢醫方手自叉頭腦冬烘無可奈
朦朧春月照梨花

聽劇曲

亭臺別闕綺羅叢繡箔無風銀燭紅情蕩悵悵絃索外
魂銷點點淚珠中人生轉眼皆歌哭影事如塵亦色空
絕妙平安堂主曲徑從心苦見良工

東君

無由一笑接手神應是化工身外身攪我吟心太容易
寫君面目苦難眞點來花鳥旋三月綠遍山河乍好春

暈碧裁紅自朝暮東皇此段似詩人

還鄉途上

餘寒撲馬易逡巡時令竟忘桃李春積雪晶晶山未笑蒙將絮帽送行人

次寧齋春曉韵

帷燈半明滅扶夢啓窓紗曙月杳沈水春鐘微動花煙光三面合露氣一簾遮未喚聽鶯酒先煎覓句茶

四月二十一日槐南先生擧男賦玆奉祝

門閭瑞氣杳花知湯餅筵開四月時絕代詩人可無嗣淸才謝女忽生兒聰明愚魯歸其種蒙叟坡翁笑彼癡

他日登龍應奮迅天心如鏡不須疑
歌而欲舞是眞情繡褓唯今掌上擎豈比尋常獲奇句
便看瓊玉抵連城纏綿閨夢溫徽吉瀲灩蘭湯膩有聲
此日春風齊獻笑滿門桃李媚先生

次關澤霞庵移居韵贈

悠悠文酒度年年此地移居太有緣一角靑山當面畫
無邊芳草大堤煙人如坡老興殊逸詩對西湖神可傳
濃抹淡粧渾自在笑看晴好雨奇天
一片有光如紫霞南朝遺物最堪誇興亡轉盼空春夢
辛苦終年吐墨花曾爲行宮護風雨誰教名硯屬君家

佗時撫去應懷古詩就高歌莫厭譁（聞霞庵藏芳野行宮瓦硯）

四月十二日竹磎幽居小集席上分韻得幽字與槐南先生及同社諸人賦

吟袖相聯緩緩游休從飛絮賦閒愁如斯臺榭眞難得
倘入山林無此幽覓句終羞讓諸俊惜春尙幸有同儔
佗時更訂重來約滿地薰風綠樹稠

濹上即事贈友

春水吾妻競渡船郎君名字滿城傳歸來定倩閨人拜
襟上銀牌月樣圓

偶占二首

午榻茶煙細似絲不多新樹碧離披小庭廿四番花盡
付與薰風任意吹
病愁如夢客心非尙喜藥苗能樣肥儘被鄰翁貲笑謔
末歸游子種當歸

花影塡詞閣牽作

花影塡詞春晝長祇今銷夏倚南廂華年懺綺情猶夢
赤日曝書閒亦忙縹帙風翻蠹魚散綠陰露滴鬢絲涼
徜徉梅子垂垂處淸簟觀棊到夕陽
煙樹蒼蒼十畝園炎氛無迹爽詩魂飛來空翠簾遮住
捲去涼雲風吐呑竹氣透衣微欲濕荷香撲水不留痕

笑搖彩箑賦銷暑暑郭外青山歸鳥翻

暑假將歸鄉留別都門諸友

又向河梁賦別離才孱骨瘦強支持頻年入夏病成例
此日理裝歸不遲落絮生涯傷久客故鄉山水抵良醫
秀靈一氣餐難盡即是人閒大藥糜

雜句

疏簾秋透白於煙老樹柴門風露偏涼月欲流星欲動
一絲咽住夜飛蟬
一川露氣入蒼茫領略水心亭子涼秋影秋聲蘆四面
夜風搖月上橫塘

蟬聲搖曳夕陽紅過雨無痕秋暑空滿隴涼吹香樸樸野人籬落稻花風

踏破靑山石徑苔雲中僧屋豁然開韵于流水幽于篴一澗風飄涼響來

聽秋仙館席上漫拈四首

詩鬢分濃碧霜風不能白琅玕千萬竿擁護怕秋客

相見憐無偶玉顏眉黛顰粉衣秋又褪一睫瘦於人

高樹帶斜陽園林有餘態枝枝秋果垂紅煞飢鴉背

明蟾出遠山夜永書堂寂竹氣和芸香氤氳籠四壁

古寺和韵

蒙塵乃如許菩薩若爲情樹倒塔身曲殿空蛛網縈殘
僧難諱瘦破磬不成聲佛地光明盡臨風暗淚生

雲卿游九十九灣歸話次賦似

極目風煙萬里長觀潮賦就壯歸裝天邊白入雌雄浪
雲色青分吳越檣作達君今談大海飄零吾久耐佗鄉
稻粱謀拙猶孤雁落日汀洲更斷腸

辛卯除日

餅梅綴晴雪臘鼓促陽春今日一年盡明朝六合新光
陰幻於夢詩癖不關貧到此仍吟苦郊寒笑煞人

題小浪淘集後

浩蕩煙波伍泛鷗西風海國足閒游總南終古詩人地
況此白蘋香漲秋

秋迓蒹葭白露紛尋詩舟趁海鷗群蒼茫山影微茫水
曙色青迷浦口雲

一船醉語海濤傾高唱滄浪擊巨觥爾我冠纓無可濯
等閒此水有餘清

風流當日壓人閒茅舍依然水石寰一自詩星光墜地
零縑斷墨剩江山

有箇佳人一笑迎湖亭八鶴太憐生聯吟同倚東樓柱
不信樊川懺綺情（雲卿別號懺綺龕主）

得閒集後浪淘篇幼婦詩詞才調偏黎棗一年刋一卷
江湖名姓倍流傳

次花夢居士春筵雜詩韻

吳娃越艷靚妝新窩底銷金自占春天一方兮君莫說
分明白地靚佳人

瞥瞥驚鴻袖影飄鬟雲撩亂不勝嬌生憎香霧漫難斂
簾畔還催碧玉簫

佳人善謔莫愁年笑指平橋漲碧邊傾盡儂家脂粉水
與佗鴨綠繪前川

玉立風丰足斷魂銀箏未撥范塵翻華筵莫奏南朝曲

怕我靑衫着涙痕
目笑參差百媚生珊珊神骨此天成楊家紅拂漫傾倒
愧煞吾才非李卿
座上東風裙屐聯俊游了得眼前緣燕釵蟬鬢人如玉
可可春山眉黛娟

孤山淸曉圖

先生莫羨牧之才佳句錦囊瓊璧堆處士頭銜換冠冕
道人眷屬出塵埃梅花的皪星同曙鶴夢飄搖鐘共催
何用移居天竺去孤山已是抵蓬萊

春來觸景感事成咏得小律六首語雖然無倫次

聊以遣吾懷耳

簾幃尚餘濕昨夜雨堪憐破笑花妍絕含情山邈然陽春來有脚煙景渺無邊行樂從玆始佳期應不愆

悄悄不成寐攬衣凭曲欄花光受斜月篆韻逗餘寒旣醒中宵酒旋懷秉燭歡當風絲管響何處綺筵闌

早起移閒步獨吟籬落前鷺衣耀初旭蜨翅剪疎煙柳髮風梳細花脣露濯鮮春人漫貪睡此景不相憐

貧病逐形影逢春還奈何錢神讎壯士藥氣鬪愁魔芳草黏天杳歸鴻撲枕過鄉心空日夜書劍歎蹉跎

閒悶因何遣鈎簾夜景浮春星如在樹花霧欲迷樓月

定驚禽退香消小鴨愁沈沈更漏迫城鼓數聲幽
那用燒華燭觴浮瀲灧光簷花遮薄靄春月眩朱廊顧
影寶釵閃臨風雲鬢香佳人今夜共醉煞此蕭郎

悼堀古鼠

天香桂樹早凋摧雪虐風饕信可哀材大古來成底用
空山猿鶴漫驚猜

富士川舟中假寐

櫓聲如雁響空潭客緒秋懷兩不堪恰好屏風巖六曲
護人淺夢落江南

題黃鐘寺

中峰飛塔出道是擬慈恩滿眼雲霞淨千年金碧存雛
僧尚饒舌老佛却無言默默西來意仰之祇益尊

唐陽山人詩鈔卷一

唐陽山人詩鈔卷二

東京　横川德　唐陽

一月二十二日春槐両先生唱和圓頓寺詩幅裝成乃挂諸壁閒感賦一律似三松雲波家兄弟

喬梓名篇尺幅收小髯一唱老髯酬眞詩輒見性情正餘響應教金石伴寒食松楸乳烏感梅花風雪墓門愁吾家昆仲亦嗚咽先隴十年荒草稠

送辻澤菖水游西都次留別韵

衣上游絲冉冉輕東風吹夢繞花行從今煙景逢三月此後才名滿両京翡翠簾櫳蘭作燭珊瑚樓閣鳳調笙

觥船一棹青春在佳麗江山杜牧情
却望東山易黯然南禪長樂散香煙董狐史傳千秋筆
范蠡風情一代船疇昔布衣憂國涙聖朝丹詔感恩年
花寒篆冷両家墓待見夫君憑弔篇
同心蘭臭不曾渝珍重別筵傾酒壺濟勝君尋夢中具
臥游吾頼壁間圖藥爐經卷違初志事業功名嘆險途
話到身生多少感西天一鶴月輪孤

大婚二十五年盛典恭賦

朝陽鳴鳳出祥煙四海歡聲盛事傳瑞穂山河懸日月
泰階劍鏡象坤乾人間雨露三千歲天上鶯花廿五年

嫋嫋春風吹不盡絳霞永罩九重邊

醫海時報發刊一周年日賦二絕應山谷樂堂屬

霜酸雪苦尙依然一片素心松柏堅今日硯田春雨足
筆花紅放杏林天

一家筆陣自堂堂光焰應期萬丈長活國活人無兩致
君臣佐使在文章

淸明

淸明夜來雨紅杏落無花漠漠苔香滿蓬蓬藥氣遮春
人尙憔悴節物入嘆嗟村店酒旗濕誰歟微醉賒

奥田大觀翁七十壽言

停車皆問字七十不言勞浩蕩鷗心濶軒昂鶴骨高南
山當面揖北海一尊豪桃李春穠郁仙香透煖袍

袖浦僑寓雲卿來見口占贈之

昨醉萬楳花底寺今凭千里海門樓分明酒暈仍潮氣
濕煞春衫笑不休聞前日觀梅杉田

鄉信有詩次韵

夢落豳風圖裏樓新詩爲我洗鄉愁三松一唱八峰和
描得鷲湖山下秋

小病書懷

二豎沈綿掩冷幃中宵夢醒思依依滿階木葉月初墮

破壁秋燈風四圍彼虜敗亡應有日我徒骨相不須肥
從戎將士關心久朔雪胡霜壓鐵衣

暮秋念八日本妙寺作

斷碑字滅蘚紋紛一杵鐘聲入暮雲地下佳人應泣冷
秋花如雪壓荒墳

鶯有好音奉祝近衞翠山公八十八壽

春風不要理琴徽正是南山曙色微玉樹東西齊嚦嚦
花閒公子麗金衣

即事賦同游

綠珠碧玉共珊珊誰作雲煙過眼看莫把秦城容易換

懷中趙璧一雙完

鴨涯口號

醉中景物夢中同両岸銀燈箇箇紅今夜始傾西洛酒
滿身消受鴨河風

廣陵客舍戲似芳姐

美人頭上戰雲橫旭旆紅摩鷹眼明漫對金釵歎髀肉
吾儂那日賦西征

臺灣從軍船中

蒲桃逢美酒取次不停斟四面秋濤健中天皎月臨看
星拚劍舞橫槊壓龍吟烏鵲南飛去樓船夜色深

七月二十六日中村侍從武官臨基隆兵站病院

謹賦

宸念紆炎陸雲濤遠問尋兵丁枕戈久瘴癘毒入深紫

氣隨天使薰風頒鳳音甘醇恩賜在再拜向東闕

八月十四日基隆大雷雨卒賦

雷雨南山氣勢奇早期來日捷書馳劍華一道雲中紫

想見王師電擊時

寄懷二律

群盜如毛警尚傳關河迢遞漲烽煙炎雲南地鑠金日

故國西風凝露天父老辛勤稻粱熟王師踊躍鼓鼙闐

鷲湖山下應思我黍酒香吹秋社前 家兄三松

西風回首憶曾遊地北天南道路悠燈火芸牕消永夜
鼓鼙戰壘警高秋書生力學光陰貴壯士從戎肝膽投
記否扁舟同出峽櫓聲雁影一帆愁 印月從弟

盂蘭盆節書懷

戰伐談酣劍氣催膝前此事夢低徊秋風鐵馬三千里
家祭蘭盆十七回先隴寒泉空宿草南荒落日獨登臺
垂髫稚子今八大也伴王師執戟來 歲戊辰家君出征北越兒時屢聽話其狀

臺北營寓與鷗外先輩夜話賦呈

萬戶砧聲明月圓天南唯仗雁書傳可憐鐵馬金戈夢

不到香閨已一年
笑向明窓卸戰袍江湖月旦此文豪行看彩筆映楓錦
千朶山光秋倍高

得寧齋書

尺書蘭樣素心馨千里離愁酒也醒何日嘯樓同剪燭
西窓一夜話東寧

一月二十四夜窓外蟲聲啾啾偶感一首

莽莽山川殺氣橫可憐群醜不知兵春風一夜傳秋韻
蟋蟀也成亡國聲

瑞芳店舍營題壁

天兵吹角度嶙峋烽火剛休正月辰國破猶憐弄殘戟
地靈却怪少良民溪山粒粒黃金貴戎虜纍纍白骨新
腸斷瑞芳村店雨叢蘭花落劫餘春（此地以砂金名）

天南

天南兩歲慣戎裝重見群兇擾四方鐵馬夜隨諸將後
寶刀明月爛沙場
銅角捲風吹暮哀陣雲亂壓候烽臺劫塵漠漠山河換
白骨成沙碧血灰
蠢蠢沙蟲天所捐王師容易凱歌旋諸公爭草平蠻頌
捧到將軍蓮幕前

臺北得飯沼松北書知新娶漫拈五絕句寄懷

霧鬢風鬟華燭春鳳笙髣髴引仙眞蘭湯也合溫如玉
新浴前身明月人（松北淺間溫泉人）

春水無波滑似酥穩雙棲處枕明湖君家自有徐熙筆
倩繪鴛鴦比翼圖（謂窪田松門翁）

數盡華年獨夜鐘也聞快婿賦乘龍寒衾如水凄難夢
誰道南荒不識冬

袖浦春雲似薄羅與君當日醉婆娑巒山隔斷美人影
祇見觀音欹髻螺（觀音山在臺北）

擬將醉墨寫催粧漫語讕言詩幾章贏得天邊故人笑

狂夫骨相可蠻荒

橘月盡日寄鷗外先輩

傷神風木夕陽頽剩有鵑聲如雨催底事南薫欠公道
綠陰一鼎篆煙哀

以三陸海嘯救護團在陸中唐丹村即囑作之

淘沙驚浪咽黃昏風捲浮屍海氣渾閃閃流螢燐上下
忍揮紈扇撲游魂

宮古途上

飄零雁戶淚先流六月凄風慘似秋豈比艱民圖一卷
此時鄭監筆應投

古仲秋即占

四海共傳斯夕宜袁郞好句有餘思故鄉明月十年夢
我較昔人多酒悲

永阪石埭先輩席上分韵得曾

竟忘秋夜永前哲喚將譍蘭意紅綃溢蕉心綠蠟凝墨
芬生壁幅酒氣暈龕燈多謝先生惠此歡吾未曾

祭詩龕讌散歸家口占呈石埭先輩

舫樣深杯手不停燭枝的爍兩三星酒痕蘸作梅花氣
怕被東風吹得醒

送矢土錦山先輩歸伊勢

滄海観潮罷乘風指遠天乾坤一呼吸人世百雲煙絳
帳仍聲伎金門此酒仙神山采芝去高臥不知年

一月九日雪遙寄三松

撥盡爐灰仰屋歎冷官如水酒杯乾故園慈竹平安否
雪色洛陽生暮寒
今猶如昔客心悲陋巷竹林斜照時妙句百年千里雪
王家兄弟可尋思

題伴鷗畫史横披小景

細雨輕寒阻畫橈不教詩夢落紅橋江南二月空濛曉
定有梅花耐寂寥

蜀道圖

劍閣千盤攀者誰亂山不盡昔人悲傷心雨絕聞鈴語
繭足天寒拜子規老杜遺蹤皆痛淚謫仙長句有危辭
世途蜀道崎嶇一即此丹青我所思

題瑞芳店治創處圖長岡生屬

銅馬跳梁汚地靈酸風一陣有餘腥兵丁無數裏創臥
雨過亂山金氣靑

送宮坂荻渚歸鄉

繡鞍南陌記吟聯此後東風一惆然詩夢尋花茅屋雨
別愁吹篴夜樓煙馬頭春樹關山路畫裏江城裙屐天

知趁舊園芳事盛且教燕子讓歸先

少林寺漫拈

寺樓早起攬衣凭淸磬一聲林壑鷹空際燈殘飛塔黯
石門松古冷雲凝曙暉忽漫生蓮座客子無端謔老僧
是否白毫光十丈彌天較此日輪升

上竹潭翁忌辰賦奠

魂招不返鶴如仙惆悵空林斜月前哀笛春回幽咽水
梅花落後已三年

靈芝詩熊本片嶺芝之園屬

庭戶春風藹九莖生及時德能霑草木命豈在蓍龜和

氣年年結靈光箇箇奇題詩彩箋上五色愧仙芝

三月念二夜率賦

衣上腥餘惡浪痕海天游跡再生尊孤帆略落蛟龍窟

昨歲今宵正斷魂

春日絶句

春早湖山望渺然誰言人在雁歸先薄寒愛被京華酒

雪爪痕留又一年

三五疎星錯落明梅花池館夜晶晶驀然風擺香吹雪

素月重簾簌作聲

杖藜尋句出重門潑眼靑山長黛痕昨夜池塘微有雨

夢中芳草是詩魂

老父把鋤兒種秔夜來暖雨促春耕一犂一犢迷濛裏
描得滿郊煙景成

小桃紅吐午風晴楊柳春旗一色平隔岸人家剛下網
鱖魚消息到江城

小樓昨夜雨如塵沽得一枝紅杏新市上兒童齊拍手
簫聲認是賣餳人

風引踏歌江上聲夕霞紅襯畫船明錦帆一載謫仙去
春水桃花無限情

芳草茸茸碧接天一條新柳牧兒鞭晴川十里斜陽篴

隊隊牛羊出遠煙
垂楊如幕草如煙醉輒高歌倦便眠豪竹哀絲春一霎
飛花紅迸綺筵前
樹樹春歸陣陣風裙邊釵角落花紅東皇至竟無聊賴
肯使佳人悟色空
落合東郭爲其鄉先輩吉永宮司徵壽詞即作
縞衣鶴伴白衣仙老樹梅花春正妍飽嗅寒香嚼芳蕊
氷心雪骨共千年
平井醫官政遒前日學男子未及祝之君乍受曼
國留學命挂帆將有日乃賦一律祝之且送之

湯餅筵開笑語譁雲帆萬里又天涯弄璋昨醉杏花酒
破浪曾隨星使槎昭代朝廷重金匕盛名學士覓丹沙
仁旌他日歸家處稚子歩趨憨態斜

園巷儼屋顏曰勸影取于陶潛揮杯勸孤影及李
白獨酌勸孤影句也偶霞脊東郭兩子見訪醉中

漫題長句

揮杯東窓下玉壺斗酒瀉荷錨復何人客至杯重把岑
子丹邱同幕天見夢李白仙乎仙桃花流水春杳然後
來誰身我在前更勸孤影酒光凸知己唯有天上月

秋夜

聽罷鄰樓子夜歌詞人愁緒竭來多秋生桂樹寒于月
雲漾銀灣凄作波萬戶征衣此刀尺一年遠道尚干戈
牽牛花上星星露迸入空房織女梭

寄大槻如電居士用四髮行韻

醍醐灌頂五十年此水與公有深緣白蓮香迸銀盌雪
一彈指頃花粲然大千世界淨無垢只見明月當頭圓

九月九日寧齋席上率賦

捲去屋茅空淒涼四顧同庭梧無剩碧山日逗殘紅伏
雨闌風後頹垣斷井中陰蟲啜其泣似和杜陵翁

題畫册次韻

江村尋畫裏岸曲舟亦斜白鷺横秋水紅柿點人家詩
思渺無際殘陽落淺沙

壽野村藤陰翁七十

昔讀海道唱和篇太夫風流地上仙督學蚤歳儒術貴
卌年二公名姓傳可憐江南三百樹冷蓋鐵篴飛日暮
却見紫藤垂垂勻繁英長蔓獨殿春嶷然靈光存殿宇
濃州今抵古之魯秦灰冷後幾千古斯道今人棄如土
先生七十猶康强簡策在手神堂堂我抱聖經擬問津
愧壽高冠褒衣人

江上

微雨過江上推篷畫裏行雲衣薄陽破雁背斷虹橫造
化丹青手入闕羈旅情秋來鄉信杳何以慰生平
款乃誰先聽疎篷隔渚風星星耿漁火簌簌冷江楓客
鬢蘆花亂銀河夜水空鴻聲月千里征路與君同

讀鄉生某詩題後似

都門秋思抵千金誰解中宵飢鳳吟漫以寒蟲嘲仲則
憐才輸與古人心

題繪卷

寶鈿影與桂枝斜明月來時人若花祇怕清輝流玉臂
初寒掩住碧窓紗

誰添故事鬧芳辰蝴蜨裙腰畵扇匀埋玉深深春草路
殘山一角踏青人

雪門課題詩十七首同霞葊寧齋東郭諸子賦

上日江東看未開梅

霞際晨暉破臘時江頭雪霽杖藜隨春從南浦生非遠
花似東鄰嫁自遲一水鏡寒難照影數株柳嫩未開眉
芳泥重踏斷橋路三顧風流吾所期

烏棲曲

月蘸如羅薄暮水水上人家彈綠綺荷風蕩漾木蘭橈
妾欲釆時花動搖

野田黃雀行

不效鶺鴒安雌學鷹鸇搏攬破黃雲飛又飛稻粱謀拙欲何依艾而張羅漫疑懼人閒自古多術數

短歌行

荷金戈雪國耻朔方九月戰塵起滿地凜風積雪裏壯士墮指驊騮死蒲萄十斛碧玻瓈妙舞淸歌花下迷公子未歸白日暮長安市上玉馬嘶

蓮塘夜歸

明月送人風露涼妙香宛在水中央田田蓮葉重于被穩替鴛鴦成洞房

橫塘踏月夜深歸一隊鷺鷥將夢飛滿袖荷香禮天女
風裳水佩影依稀
湖心亭子影微茫酒欲醒時夜未央涼月送人鐘墮水
荷香如夢過橫塘

沐浴子

沐罷觀出日浴罷且振衣千仞岡在夢瀛海我所幾山
靈與海若應笑長安非襬襶行觸熱垢髮難可晞
蒼天奈我何墜在紅塵內蘭蕙被菉葹君子竢時刈噞
之彼朝昏沐浴不可廢

山人勸酒

山人手招塵中客有客行歌白雲吟萬壑度盡一溪碧芳樽勸客待月斟夜深風泉引松籟許由洗耳我洗心昔賢多事山人笑笑入白雲不可尋
放學人來山之阿山人手勸一杯酒酒光深碧欺松花笑道長安紅塵可居否蹄馳輪聚大道邊優孟衣冠冷眼久十年讀書胡爲乎羞爾山中蒼髯叟

行行且游獵篇

紈袴子年輕不辨菽與麥蒲桃名酒琥珀杯歌舞場中日馳逐五陵已倦千金游却向空林要射鹿豈知家國有深憂鼎鼎朱門飽粱肉可憐塞外三千兵飲馬枕戈

眠苜蓿

尋山僧不遇而作

鐘磬無聲翠微巔禪室只見白拂懸山風吹拂石徑畔
松子如霰落午煙名場官海曾幾日浮雲蒼狗須臾還
入山早歛臂鷹手名士未老思逃禪今日相尋不相見
相別今日已經年借問我師何處去城中客來徒茫然
半扉碧罩茯苓氣殘日紅流菩薩泉松下童子松頂鶴
一樣引領白雲邊

秋夕書懷

楓葉荻花夕蹇驢破帽客飄蓬且未休雁程指水驛辭

藻壓群英名在金閨籍司馬白樂天當時傷遷謫琵琶湓浦波蕭蕭潯陽宅苦竹與黃蘆日夕慘無懌異地空想望一代文章伯我徒何爲哉尙剩長歌癖對酒思管絃管絃不可索高唱琵琶行千古如宿昔

觀水漲行

酉年秋九月東海水汩汩山靈若爲情凾關黯雲橫鐵軌深埋莽濤底火輪誤蹴魚龍行禍機何倏忽陰崖共陷沒一瞬無遑哭空葬衆魚腹飛雹在目淚沾襟重向蒼天訴久霖

月下獨酌

清景高臺上獨酌玉山頹長嘯昇天去醉魂隨月來人
間萬餘子至今啜殘杯我亦臨風揮餘瀝酹向千秋作
賦才

　　鞠歌行

正則餐落英泉明見南山壹鬱九歌苦散誕五柳閒忠
邪自難辨處世誰宛轉白玉素無口蒼天判美醜醉輒
讀離騷風雨重陽酒

唐陽山詩鈔卷二

唐陽山人詩鈔卷三

東京　橫川德　唐陽

新年雪

初陽凍雲底黯慘不成霞叡念在民瘼御題含歲華春回誰涕淚霰集此邦家更憶年時雪新陵噪暮鴉

次大久保湘南寄來韵却寄

邊塞遙遙千里餘一封消息夢何如嵩雲秦樹隔天悵鴻爪雪泥題壁書豪興故人方倚馬寒厨近日更無魚那堪窮巷勞長憶爆竹聲中過歲除

新春送人歸鄉次東郭韵

草草人將去春回未見花溪澌氷韻動堠樹雪姿斜班馬望孤驛歸旌曳彩霞朱闉倣天表神澤是君家 神澤地名

寄懷五首

自賦河梁不憶家打頭風裏片帆斜別時舞劍華筵酒異地看花紫陌車賴有孤鴻趁春雪 謂蘆原軍醫 久無雙鯉到仙槎尺書繫得儘珍重塞北隴西望眼賒 平井政遒醫官伯林

關河芳草綠痕勻須賦將歸一曲新雪後雁鴻來紫塞花前鸚鵡憶靑春暮愁和月生寒水朝夢隨雲趁麗人長記烏衣巷頭路無題詩剩隔年塵 谷楓橋北海

千里一燈人影雙夢回猶訝足音跫高堂萱草憂堪忘

永夜愁懷酒可降遠道吾搔薄宦鬢絳霞君坐白雲窓

武陵寄語仙源吏莫稅桃花莫稅尨家兄三松故園末用宋琬詩意

女牀幾度感棲鸞豈信三分劍氣寒今日中原鹿馳逐

當時小劫淚闌干美人消息杳于夢君子襟懷幽抵蘭

爲道珠江春雪裏此材逸足要加餐田邊碧堂備中

宮柳含煙眉未舒爲君絕塞賦離居新詩欲下鮫綃淚

遠客虛求魚腹書江海茫茫殘臘裏鶯花點點治春初

綺羅京洛歸何晚走馬東風興有餘大久保湘南函館

花月樓醉作次太憨生韵

花影欄干春可憑月明如水夜天澄酒中紅煞儂顏色

左右佳人上下燈

　豐國會徵詩率一絕句呈之

鬚翁妙句感何窮三百年來覇略空今日滿村煙雨裏
愧從牛後賦豐公

　送落合東郭西歸次其留別韻

驪歌唱罷黯然分翰墨家園去策勳異地十年憐客子
古人幾輩似夫君山陰篷雪興何盡水部官梅詩亦芬
此後春風紫溟遍藝林佳話播新聞

底事負春容易還長安殘雪尚班班漫天飛絮馬鞍重
遍地印泥鴻爪閒遠道黯愁如中酒扁舟佇興偶看山

東風匀染黛螺碧好句應酬文字關
鄉山認得舊相知況有神仙眷屬隨千里雙星同夢寐
當年七夕嘆分離綠簑靑笠今偕隱細雨斜風併入詩
誰是三生志和子可能行樂及其時士應壬辰古七夕似內有一年佳會是今夜惆悵明朝成別離
劫後太郎望鬱蒼雄藩形勝自堂堂靑山匼匝書堪讀
焦土蕭條春可傷洛下才人詞筆妙龍城飛將鬼籌長
廿年前事應回憶憑弔知君立夕陽想及丁丑役隈山將軍圍城中口占
慇懃握手斷橋邊此日送君望遠天秋蕙春蘭紉不盡
雁程鷗境信應傳漲痕碧漫一塘柳霧意紅含雙鬢煙
祇是我今傷索寞陽關三疊渭城前

二子村

桃花欲笑引初暄夾岸東風二子村網底香魚三寸小玉川淺碧漾微渾

東幸三十年祝日恭賦

聖明天子麗霓旌玉甕山河紫氣迎昔日風雲供叱咤如今草木向欣榮君臣魚水仍千古鼐鼎鹽梅此太平滿地煙霞兵甲盡蒼生黔首卅年情

題老松圖壽金井老伯七十

千年滴翠撲雲巾皓首龐眉霜雪晨矯矯蟠龍鱗甲色歲寒掩映後凋人

習志野三律

名是九重錫平原回首望干城何赳赳大旆自堂堂天子閱兵地將軍調馬場深謀備東北豈在廢農桑古小金原明治七年錫今名云

昔年正伯氏種藥遍邱原春雨黃精長秋晴蒼耳翻攜鑱代耕鑿嘗草救黎元功德高千古我來聊薦蘩正伯種藥今之藥園臺即是云

談劇野鶯靜論兵尋舊蹤踞茲荒館裏宛似戰場逢麥浪搖杯酒雲光凝澗松夕陽看欲雨君馬去如龍騎兵醫官菊池雲松來訪賦似

六月九夜嘯樓席上觀伊秉綬詩幅有感越二夕賦之寄碧堂兼柬嘯樓

農事豳風圖裏天終朝猛雨決秧田不知誰解蒼生慍待見南薰入舜絃

黑岩淚香紅葉館招讌席上贈種竹山人

詞苑官場任所之欽君高踏似吾師風流北海侍尊日（君得越山伯知）煙雨南朝懷古時（昨游芳野）瘦鶴元非樊籠物陽春永貯錦囊詩吟肩聳話芳山夢堪並軒軒霞舉姿

又酒閒似朝報諸彥

玲瓏高館夜光杯此夕論文醉綠醅一笑因緣似兒女

眞成紅葉是良媒

送鶴田醫官禎之獨逸

壯心快受大雄風萬里鵬程指顧中螢雪辛酸勉斯學
扁倉秘訣笑他蒙君王賜謁紫宸北昕夕拜恩黄海東
可比當年遣唐使還朝唯說語言工

送辻劍堂之清國

大地秦灰冷後溫民生猶幸聖人恩三千弟子絃歌遠
四百山河帶礪存報國素知文字重觀風還見布衣尊
片帆禹域壯游好意氣如虹横海門

小籟茶寮小集次五山壁幅詩韻

結廬羞我小于蝸題壁詩看筆底花欲引淸風洗秋暑
煖房却藉玉川茶

早曉

淡淡星河曙色浮隣家銀井轆轤幽連朝笑我先花起
風露牽牛正嫩秋

讀香桂女史遺稿

枉自遺文想玉顏靑衫剩有淚痕班中元燈火中秋月
不與佳人照道山

送三谷大尉耕雲之任臺灣

尙見陣雲飛馬頭南荒烽火幾時休笳聲颯入籌陰月

瘴氣寒凝蠻部秋戎幕運籌論討伐廟堂建策賴懷柔
知君叵底雙龍吼一劍平生志欲酬
羽林軍事我能諳樓艦如山兵氣酣倚劍宗親按圖立
連營旌旆與天參笑傾肝膽同憑酒話到年時且劈柑
鹿港水通雞港水好尋往蹟訪臺南

送小室屈山之歐洲

能逢人罵不凡材笑向離筵引巨杯得失于今累名士
艱難自古鑄奇才張萊州語千秋貴雨粟樓詩衆妙該
更騁騷懷航海外待君重捲怒濤來

奉送槐南先生之清國

正聲一代竟誰陳珍重觀風萬里身雲日捧光滄海麗
魚龍生色錦帆新酒場久奉詩天子秦火難灰魯聖人
轉爲友邦三嘆息堂堂大雅已沈淪
仙人海客共追隨造物巨觀文字師天姥雲霓明滅處
廣陵波浪吐吞時好將搖嶽凌滄筆也寫驚心濺淚詞
大厦如今依一木眼中花鳥杜翁悲
油壁車輕指虎邱山塘夜讌太風流金閶門啓鬟成霧
萼綠華來月滿樓何處笙歌秋縹緲此鄉煙水夢溫柔
三生賽賽知誰是莫使吳公賦久留
雨歇淸風夜灑然離筵有月喜團圓金波穆穆深杯裏

班馬蕭蕭大道邊弟子同期門立雪先生去後日如年
歸裝且願理須早木葉洞庭秋盡前

福原周峰翁嵯峨山莊八勝詩

祓花賺出客皆狂鬢影嵐濃水亦香傳粉何郎頻自照
輕衫窄袖婦人裝 嵐峽嬉春

趁芳女伴太娉婷蝴蜨裙泥細草靑山意忽然含濕翠
散爲花氣夕冥冥 愛宕飛嵐

葛衫蕉扇幾人同水氣生秋夜熱空若道西都涼一斛
月橋八斗占淸風 月橋趁涼

容易百年舟筏馳奔湍百道怪巖欹篙師且任順流手

遙拜恩人了以碑（寶津浮筏）

八月臨河祓禊修齋宮琴思欲言愁而今落木西風外
一片靈旗颯作秋（野宮聽秋）

悠揚梵唄度空林當日將軍靈夢深十丈金龍初出水
一聲省起百年心（天龍淸梵）

停車燒葉夕陽風一箇詩人萬樹楓併得香山牧之興
先生日日酒顏紅（小倉霜葉）

奇寒半夜撥爐灰曉看前溪晴色開是雪是花渾不辨
早梅籬落白皚皚（梅津晴雪）

一月三日說詩軒席上次壁幅星巖翁己亥元旦

韻呈槐南先生

昨游如夢坐春正霞擧高軒笑語聲申浦煙波仙楫遠
漢宮歌舞錦袍輕飲中所願唯無事世季難逢是太平
偏對鄰邦彈痛淚溫敦極旨在安氓

次東郭元日題壁韻却寄

架頭經卷藥煙紆空羨春催草木蘇破屋夢回聞喜鵲
大江波暖憶眠鳧三年有艾堪痊病一頃無田不怕租
慚謝故人消息好風塵桂玉尙東都

早春二首

歸來輪往自成春不獨千門松竹新劍色釵光初日麗

英雄兒女各丰神

黃鳥未催正月辰餘寒峭撲野人巾無多菜甲吹纖碧
殘雪一籃挑嫩春

說詩軒夜話分韵得消

三李堂上酒昔哲魂可招青蓮與昌谷騷怨源楚謠佐
以玉溪麗何人比俊標錦袍錦囊外錦瑟今重調停杯
聽此曲古愁黯不消

星岡茶寮讌上作

騷雅百年遺典型座中妙句與雲聽仙心渺渺琴尊古
酒興蓬蓬筆墨靈遠樹雪華飄夜讌疎寮春水蘸詩星

醉魂騰在鶴鳴裏天上東風何易醒

將之任豐橋槐南先生及同社諸君招飲于偕樂園敍別席上分千里鶯啼綠映紅水村山郭酒旗風得映字集者恰十四人也

彩箋千古有佳詠新水浹池平若鏡來日春風尋薛濤菖蒲花發五雲映

七月念六蒲郡車中邂逅小林天龍口占似之

火輪涼動笑聲中健碧館前蒲郡東一霎相逢復相別故人自古似清風

題夏夕渡月橋圖

末秋時節桂香通明月前川夜熱空笑煞四條橋上下
萬人只頼篦頭風

涼夜偶占

秋至仍疎懶風聲怕葛單炎天曝衣易涼夜讀書難瘦
月臨簾幌零桐響井欄隣家紡車急滿地露漙漙

賽窟觀音

一樹南天竺紅成瓔珞看仙巖起平地銅佛立高寒墜
葉急於雨行人姑解鞍馬嘶秋色遠日落白雲端

古吉田送人之名古屋

關河落日馬頭横秋色蒼茫愁黯生樓上佳人招不往

好攀殘柳賦金城

冬日濱名湖上

柔櫓橫塘記采蓮畫中秋色跡如煙冷雲冪冪平湖外
弋者蕭蕭斜日前鷗鷺天高飛有翼荻蘆雪滿度無船
殘衫破帽鞭驢去凍却詩人孟浩然

賦得松上鶴

靉靆慶雲圍九重蒼生此日洽堯雍仙禽還戀人間好
不去上天棲在松

題蟠桃宴圖祝國民新聞三千號發刊

碩果滿盤春酒波白雲天上逗簫歌桃花人面三千歲

瑪瑙杯中仙色多

二月念一大父公三周忌辰奉奠

風帷颸虛室寒色自蕭森僧凍經聲澁燈明雪意深白
頭今也佛黃壤古之心回憶三年事衣襟涕泗侵

讀東海道圖繪

驛鈴髣髴響江山匹馬迢迢鎭徃還日月磨人傷逝水
興亡如夢哭雄關一千餘歲詩詞裏五十三亭楮葉間
東海道中吟苦客陳編讀罷發長潜

舞坂

行行騁吟矚荒驛剩人煙小麥連平圃亂松撐遠天民

依魚蟹利客趁鷺鷗緣春淺海潮碧一帆寒色懸

伊勢途上

雨後大堤芳草闌與天一色水漫漫輕帆橫掠鷗邊綠無數春山落畫欄

神路山

松柏宮垣咫尺閒靈蹤也許野人攀鶯聲隔樹如簫語窈窕春雲神路山

春分日二見浦上作

鈴川供洞酌更向海之東帽揷靈符白巖擎旭日紅仙雲漾春浪客路趁神風何幸一帆穩回頭望鬱葱

輓靑柳秋堂

記同聽講雪門前最少年人乍逝川病鶴臨風剩頹羽
群仙張樂入哀絃兩當軒集隔生淚三李堂筵過眼煙
造物忌才今亦爾把君詩卷更潸然

八月望日祝大橋氏擧男

喜爲朝家添一丁啞然墮地驗英聲會償蓬矢桑弧志
今日王師入北京

東上途中

貽笑平公子當年潰六軍川流飛鳥亂嶽勢遠天分棘
灞皆兒戲蒼茫思不群將吾懷古意併入盪胸雲

石埭先輩席上

清筵既醉露瀼瀼恍聽佩環鳴碧廊星舫詩龕秋一燭可人如玉立幽篁

醫事週報祝詩川上巖華囑

當日東風閙宋家枝頭紅色綺於霞看君著手春容易放出杏林三百花

寄吉田梅城烏取

雁飛欲墮荻蘆霜遠道年年相憶長天一方兮唯有月美人秋水共蒼茫

遠山恭華燭詞

七十鴛鴦六曲屏合歡却扇月亭亭春山曉假雲羅面
似讓新人眉黛靑
　本門精舍觀梅雅集酒間率賦呈靈龜上人
初地東風尙未闌高僧催客此團欒一聲淸磬破山寂
滿樹疎梅凝暮寒今日濺花隨喜淚他年話夢主賓歡
微吟低倚去難得月樣佛燈懸曲欄
　石埭先輩一半兒會席上壁挂張問陶書幅率賦
誰使吾儂歛醉容性靈一幅墨痕濃半生低首張依竹
仰醉詩龕琥珀鍾
　陰霖

陰霖三日夢迷濛慰我愁懷是野翁深巷煮茶茶意淡
賣花聲裏雨聲紅

送手嶋海雪之淸國

再度乘槎萬里波遠帆髣髴溯天河十年舊雨陽關曲
明月後庭商女歌懷古秦淮涙應下三生杜牧夜相過
艤船一棹君今別詩鬢靑看意氣多

辛丑七月初三就任北京南兵馬司胡同館舍郎
故軍機大臣戶部尚書太子太保寶鋆邸也口占
誌感

東園相國昔聞名今到東園涙暗傾相國循良照靑史

東園蕭索賸丹楹飛花瞥眼豪華盡遠客臨風感慨生
御筆空埋蛛網底子孫何事沒賢聲（竇氏嗣有關團匪事故云）

送陶杏南大均之日本

師門詩酒座疇昔得追陪吏績推知府（今官在知府）時艱仗大
才十年彈指過一水附槎廻話別談萍迹燕山且泛杯

萬壽山作

玉輦未歸民愴然外臣興在御湖前金盤仙掌門門敞
碧藕銀鷗水水妍閒攬層巒擲空翠却凭傑閣憶遙天
西安杳矣三千里聖夢應勞萬壽船（謂大理石船）

八月十三日放歌

竹裏清風動凝綠酒人得意倚闌曲却憶昨日羨侍童
但工飲啖我所欲造化小兒能弄人雨窓藥煙斷又續
黃梅時節夢瞢騰夢瞢騰處十日曾祇今手杯笑轟轟
天色霽時竟體輕竟忘來朝增酒債萬事不如病起快

萬壽山有秋水亭卽賦遠寄手島海雪

扁字分明古篆圓朱廊回首墮雲煙尋詩人在蒹葭處
秋水亭亭感舊緣（海雪舊號秋水）

燕京官寓上田丹崖來訪賦似

有客叮嚀款竹關題襟如舊乍開顏劫餘秋咽幽燕水
筆底濤翻江浙山妙境丹靑昨游貴異邦樽酒兩人閒

醉從硯北聽簷筑夜雨圖成君莫删

殘雲

殘雲廢壘月微明一夜赤眉闖入城誰惹天津橋上感

杜鵑尚作去年聲

王氏席上題張愷畫

林木蕭疏客意孤遠帆斜帶亂歸烏一灣秋水寒于畫

點點殘陽過太沽

通州

樽俎勳名往事悠吳檣已去越帆留卅年重覔使星夢

夢穩通州一舸秋故甲東卿有和成忽下通州水句

雍和宮

寶塔金甍天半橫乾隆碑字尚分明疑仙疑鬼存胡俗非霧非煙湧梵城狗子誰言無佛性如來却怪有癡情現身說法百千億一樣隨緣度衆生佛像中有擬與獸試祕戲者笑及之

是我

是我成家何太遲勞生此事鬢毛知中年過七初爲父千里隔三偏憶兒花下啼聲似鶯語夢邊笑口覓春嬉阿爺今在燕山上戎幕宵宵一念之

八月二十六夜散策一里成一句八里獲八句

天孫別後阻參商銀漢紅牆夢一場月到中空暈方小

雲垂高樹影逾長　盂蘭燈火星星亂　禁沼荷花細細香
緩步景山山下過　詩脾如水鎮清涼

從弟三澤少尉來喜賦

大海浮萍聚散輕　半宵把臂感平生　雲間一尺三千里
不値東京値北京（用古人一尺雲間不相識三千里外却逢君之意）

卽目

何來鐵騎醉移船（獨逸軍將士）　太液池頭紅白蓮　剩有當年凝
碧恨　秋槐葉落管絃前

寄懷玉池先生

官齋景物入秋鮮　翠湧西山一角天　蝴蝶寒姿籬菊上

酒人逸態月華前嫦娥靈藥醒難解星舫妙詩情欲纏
倘幸狂生故吾在吟箋遠忝廿年緣

弟子

弟子今來感慨偏先生蹤跡四年前一篇浩蕩詩程裏
無數山川劫後煙

海雪畸人有詩見懷次韵酬之

好句欲賡空一宵交情在紙抵魂銷勞人南北春秋燕
吟信去來朝暮潮天遠星河鵲聲杳菊芳燕市酒徒饒
重陽有日堪遙憶難得陶然亭下邀（予約上田丹崖等重九讌于陶然亭）

觀董家所藏唐畫

唐賢句中景滿幅麝煤凝青嶂層層疊丹雲冪冪蒸仙
人遺藥竈溪竹閉綦僧展賞淸風底輞川呼欲譍
公使館夜讌卓上有花香頗好僚友云是名晚香
玉者卽賦之
賓筵歌既醉芳氣艶蘭樽詢是晚香玉移來瑪瑙盆奇
葩眞異種未麗或同根扶去銀屏裏枕函芬有溫
西沽
塵如礮霧密難披劫後可憐民力疲豚柵牛欄秋寂寞
艦雲檣月夜凄其魚雷營絕狼烽響（露兵占魚雷營）丁字沽縈濁
水漪剛有疾飈吹自北角聲遠警履霜時

西沽民家蝎頗多同人目做小鰐魚戲作

甲堅應比鰐軀小走何遲汝豈居蛇下人偏怕毒滋壞

牆秋雨後廢屋午晴時持帚空停手蠻童一蹙眉

大雨中過劉家房卽事

岸邊渚角欲無家濕霧漫天哀雁斜風皺沙淘滿畦黍

煙愁雨泣斷腸花挈瓶幼婦憐纏足過渡征人怕泛楂

帆已難張走何易白河漲勢疾于蛇

九月念八雨窓絶句

檐下老苔靑濕時騷壇此集早名知蕭齋賞雨茶鐺沸

耽讀曾家茅屋詩

塘沽舟中

漲餘揚濁浪民屋瓦牆欹海鳥親帆葉夕陽追櫓枝檣檣旗色別渚渚櫂歌移雲際黃龍瘦西風颯可悲

明治卅四年卽光緒廿七年秋北京官寓作

仙曹此日拜恩綸上相傳箋麗藻新珥筆齊蒙鳳池賞退公同結弟兄親累篇詩鬪寒刪韻穆宗毅皇帝實錄全書修撰顏宗儀以下呈監修總裁寶佩蘅詩百餘篇皆限寒刪二韻也

一品官加十九人盡是當年金榜者佩蘅門下簇儒臣

佩殘香草遍階除仍是吟梅舊佛廬佩蘅有吟梅閣詩帖及佩蘅詩抄晚頗參禪悅詳見于醇邸唱和詩中

有夢相逢聊識面憶君不見只愁予大臣三世劫餘屋

萬卷中丞手澤書牛棟如今嘆煙散秋風夜讀早寒初

懷人絶句

紅顏薄命總難論聞說昭君尚有村抵得返生香一炷長歌招到美人魂槐南先生先生前日游鹽原有高尾詩

客來客去笑轟然妙語解頤新紙傳月樣頭顱楓樣面多聞山館酒餘天況齋總監早稻田別館曰多聞山莊

鐵鉢龍飛影有無兩峰手腕妙煙驅心香新炷藥囊裏一色金泥羅漢圖石埭先輩予近日將奉贈楊州羅山人聘佛畫一幀

亂雲黑捲角聲長瘴氣來時肅武裝鴻底泥痕乍南北七年分夢話臺彊鷗外醫監東寧從戎共己七年今夏小倉官署接唔

湯餅筵開傳妙詞樂天竟忘鬢如絲紅窓小影君能配
稚菊香吹蝶後枝巖溪裳川前日有擧女詩

黄門去後白雲空鎖夏人尋古館東誦到新詩涼似水
高風寫得抵淸風關澤霞庵近日有游水府詩

病骨秋蘇瘦可憐嘯樓燈影自蕭然求無不獲書千卷
四壁芸香夜讀天野口寧齋藏書印文求無不獲

前度郭郎何處尋彫籠面面此春禽裁紅暈碧都閒事
默聽頻伽弄妙音森川竹磎早歳喜郭頻伽詩近年飼禽爲專

風前玉樹十年過詞采如霞鬪綺羅筆底鉛華刊落後
沈腰潘鬢古愁多落合東郭詩境一變聊戲之

藥霧氤氳病裏衣捧心有婦夢依依郎君久學僧行脚三界尋山不道歸松田學鷗以測量之科在奥近日內子病

故國登高插萸節滄洲蟹瘦菊肥時愛聽風雨憶聯榻夢裏同酬重九巵三松雲波家兄弟時予在西太沽

両地相思夢渺茫燕山鐘墜滿天霜與燈同守秋終夜添得流黃一線長內子

到山海關途中過昌黎縣城外拜韓愈祠作

路入昌黎我憶韓文章北斗七星寒梁家板屋山名衝空出也似先生硬語盤

山海關二首

曈曨海旭映旌旄自古東方千騎豪（我兵屯在焉）颯颯風聲連
大漠堂堂兵氣壓狂濤長城萬里雲中盡天下一關空
裏高雄鎭如斯終不守孫吳應哭此龍韜

雁背霜凝木葉吹西風關塞馬蹄遲凄涼鐘鼓角山寺
（明蕭海鈞讀書處一日棲賢寺）哀艶琵琶姜女祠石暈紅流望夫淚（望夫石在姜女祠後）亭容
古牘會仙時（會仙亭在角山寺東）焚香酹酒渾閒事一片秋心落照知

臨楡雜詩

蘭谷臨楡警夜烽貔貅乍閃日邊鋒奉天馬賊齊雲散
笑拜當頭大喜峰（在蘭谷東山海到此三十一關）

曾弄淸波浴鴨河玲瓏今愛水如羅枉將京洛論楡塞

玉樣佳人山樣多 山海關水質頗良美

鐵椎日日響縱橫似聽祖龍嗚咽聲礎石尚留秦代色

列強容易築長城 見獨佛軍壞長城取瓦石作兵舍之基材

寶刀明月素心違將士同歎髀肉肥伏枕無人戟門壯

便知瘧鬼避兵威 山海關病兵極少駐屯軍第一健康成績

長身七尺丈夫奇却向斜陽搨斷碑君影尖于角山塔

僧顏木葉共黃時 戲青木軍醫 青木頗長身

他人爭取嫁衣裳此意雖陳慨以慷冷後劫灰無限恨

島名今只冒秦皇 秦皇島各國軍競相經營以爲兵站要津

十月二十五日天津即事

血色如新鐵色蒼寢棺已帶隔年霜墓田雖美非君土
今日魂兮歸故鄉（我戰死者目今改葬內地）

壬寅歲朝寔錄

北馬南船跡渺茫莽濤萬里送歸航文章報國吾才短
刀匕從軍道路長（文章刀匕八字寧齋所贈印文）衣帶燕山砧杵月鬢吹榆塞
劍花霜辛盤今日蓬瀛酒杯底紅融初旭光

菅公會徵詩

文物千年存典型梅花今日有餘馨垂髫尙記過庭訓
一卷天神抵聖經

族人自新潟來話游況即賦

七十二橋春水新畫船劃破碧鱗鱗太鴻妙句西施髻
一種越山多美人

曉寒

曉寒似鐵壓衾裯禁體欲攀冥想求雪影妍然禽影瞥
花光粲突曙光浮聚星高會人何逸修禊遺風興共悠
一詠一觴來有日曲池春草水如油

二月五夜稿日清戰役衞生事蹟凍傷篇作

字酌文斟凍硯知韓城墮指是王師寒燈照破百年後
可似賴翁心苦時

夢後絕句

一川空翠滴涼衫雲笈如山疊錦函滿袖芸香醒亦夢
桂花導到積書巖

星岡雅集呈淸國吳汝綸先生及福原周峰翁

竹樹葱瓏吟榭前酒邊燭畔劈雲箋詩人骨相非寒乞
祭酒儀容想聖賢二老襟懷明月在一宵風雨別情懸
誦來紫蟹碧鱸句洛下俊才齊黯然

漫興詠時器

年華容易去堂堂誰叱羲和驅太陽折簡幾宵招讌急
從公連日結裝忙舟車憑汝判遲速針線省他量短長
不用早朝煩侍女懶眠警得響鏗鏘

小林天龍索萬朝報創刊十週年祝詞漫拈二絕

眼中餘子雀鴉空警世文章有隱衷絕似秋天泬寥外
橫飛霜鶻颯生風

硯田雨足有餘閒敢忘人生稼穡艱培養功成如種樹
十年文字欝于山

寄題金井金洞翁田端之三嶽莊

故國何須尋夢中欄前有箇錦鷄同三山秀色朱霞擧
一片仙心白鶴沖勝地林泉壓箕潁熙朝耆宿嫓衡嵩
霜鬢祇候童顏叟歌罷紫芝望碧空

癸卯一月八日夜作

呱呱聲裏坐宵闌一字拈來意未安倦向山妻抛筆笑
產兒容易撰名難

船中遣悶

鎭南浦口杏花紅異境逢春酒意融破浪乘風今十日
韓山遠處夢蓬蓬

南山戰後後革鎭堡舍營釋宗演師來宿酒間有
詩即次均

酣暢竟忘身在軍酡顏如火映晴雲腰間暫卸活人劍
更向尊前籌酒勳

次洪嶽管長韵似

滿鍾醇酒滌剛腸戎幕與君酣醉長來日重浮三大白
王師容易略金湯

前革鎭堡陣營有僚友出眎內子之照相者戲題
其背僚友近江人

聖人去後出佳人自古江州有宿因今日佳人初見面
藤花仍是住餘春

陣夜與半井桃水話口占贈之

懺到靑春因果深夢中有夢去來今蘭情蜨意難忘得
即是桃花流水心

題畫織田東禹囑

枯荻風前疑羽旄天陰雨濕太蕭騷河流不洗將軍恨
沒字碑邊鬼哭高
人閒誰道莫爲男白骨祇教靑草酣萬里春閨夢如水
野狐吹火戰場南
缺月西流鬼火紅看君腕底捲腥風墨痕如血筆如劍
無數髑髏荒草中

二月四日北上夜宿

是何急響破安眠爆竹家家餞舊年髣髴水師營下道
銃聲如霰攪霜天

大石橋得師團長松村中將訃

韜略將壇居上頭一軍得計慘如秋可憐大石橋邊水
和我哀歌咽不流

馬上口占

兵丁羨我跨輕鞍氷雪唯言行路難世事觀來渾若此
那知馬上不堪寒

鞍山站

北望奉天胡騎紛王師萬里尙懸軍請公高跨鞍山上
早掃遼東一帶雲

北教廠王士達宅即事

故事驪山何足譽珍羞此日醉陶如遼河剖得氷千尺

二月中旬薦鯉魚

道義屯口占

鷄豚散盡剩荒園樹樹靑靑煙色暄父老相逢無別語
除非楊柳不成村

通江口絶句

遠水微茫帆影長裹創壯士是忠良可憐一夜蕭蕭雨
却向篷窓夢戰場傷兵後送依水路

鵲橋中斷恨悠悠恨在長江來去舟郎住橋南妾橋北
妾郎恰作二星秋遼河軍橋夜中撤其一部通支那船

丙午歲朝

英雄末路寸心明殺氣消時和氣生昨歲今朝曾於夢
開春第一覩開城當日予所宰第一師團衛生隊水師營治創所爲両軍使開城談訂處

新春七日柳社詩會作

書劍尚留鞍馬塵浮萍身世復逢春却教杜老憐高適
便是東西南北人

半餅冷虀小茶房似笑我徒吟苦長此鬢空留詩氣息
仙花如夢迸寒香

大嶋氏歡迎讌上謔書歌姬扇頭

幕下英才張子房朔雲邊月運籌長紅裙齊上將軍壽
爭向戎衣灑粉香

唐陽山人詩鈔卷三

唐陽山人詩鈔卷四

東京　橫川德　唐陽

鷗外醫監凱旋迎笹島驛站贈一律

戰場文苑共功名錦上添花衣有榮方見裁詞同草檄便知使筆似行兵楚騷餘韻創新體萬葉遺風翻古情紙價洛陽來日貴珠光劍氣卷中明

海雪滿洲歸途來訪此日雪

閒鷗泛泛豈同科富國深衷不可磨細檢魚鹽滄海利眼光如月射波多海雪掌鹽業協會事

醉不成歡別恨紆凍雲吹雪滿平蕪丹靑我少山尊筆

空想離亭寒色圖

抱生詩會分韵

主客沈沈靜夜情此情自古太憐生被君催去空吟苦費盡春檐琴筑聲

三月二十三日同名古屋諸同人游月瀨

十篇如夢記瓊瑤游屐今朝魂乍銷將雪糊塗山半面與花惆悵雨連宵美人宿粉融成氣逸客聯襟狂欲謠疇昔仙翁彈秘曲後生漫莫弄凡簫謂槐南師月瀨十律

送僚友之平壤

馬頭春色撥雲來百戰當年餘劫灰脚底山川渾似夢

任君嘯傲牡丹臺

松方海東伯七十壽言

斯公眞十八衆木讓堅剛心骨凌冰雪邦家賴棟梁淸風應謖謖美蔭自蒼蒼有鶴翩然下翹肩頌壽康

桑名船津屋謔贈

黄梅時節暑雲平歡不來兮空復情淺酌低斟只宜雨美人心事怕牢晴

鶴山保勝會徵詩

蒼蒼古松上仙鳥識天心戰瑞分明在聲聲抵捷音

送鷗外部長奉大母公柩之江州土山

抱孫驚喜卅年前矯首靑蚪祥夢圓靈櫬帶雲追遠道
孝烏繞樹哭新阡豈思里巷士山曲卻作君家淚雨篇
已有勳榮縈紫綬好教大母九泉眠

與花竹両生游美濃虎溪

夕陽如夢映林楓風物濃州指顧中未到虎溪秋滿目
三人一笑萬山紅
一壑一丘秋色長紅楓萬樹倚斜陽竟無好句酬靑女
錦繡山川愧我腸

十一月念三游近江永源寺

寺在西風上雲圍別作寰落楓欺急雨孤磬出空山古

絹靈心迸顏輝十六羅漢朱梁仙洞閉正保年間賜法皇殿造寺云低徊懷佛德大歇

一橋彎

贈長氏三首

故事碧桃還可誇因緣彷彿子山家已拋重聘謝豪族

雲鬟笑簪吳氏花

有箇風情欲老難新人恣態婉于蘭如何前哲長生法

爭說仙家駐景丸

銀鈎鐵畫墨花奇夫婿妙書神助疑從此紅閨春晝永

退公待得學臨池

羊年元旦

祥霧無邊春旭生老松一郭限中京金鱗光映龍鱗色
更襯垂楊綠作城

有俳人索還暦壽詩者拈一絶應之

一味俳禪三昧眞延年訣向箇中新却從遺像哀蕉叟
白髮不逢華甲春

百春樓酒閒有妓話懷者擬烏棲曲贈之

吳頭楚尾估客心千里萬里各鄉音宮樣眉兒新月晚
棲鴉流水相思遠
天上皓月郞應看地上繁霜憶郞寒與妾同瘦門前樹
門前有烏妾夢誤

無情草木尚盛衰遥別年來烏也知鬢欲成絲勞長憶
妾鬢不及烏頭黑

津嶋途上

人家杳隔午炊煙風日熈熈蜨影圓似與東皇添畫本
紫雲黃菜繡春田

追哭金井秋蘋

此仙仙去有餘悲猶憶飲中推妙姿白眼望天人似玉
青山埋骨豹留皮嘯樓風雨聯吟處朔漠烟沙聞訃時
乙巳六月念八在通江口接訃 彈指八年成永訣舉觴何忍讀遺詩

冲禎介追弔詩大久保師團長屬

傷心滿目倚斜暉令弟關山拾骨歸今日哭君魂夢遠
青楓落月蜀鵑飛

到岐阜車中

扇影衫痕夕照遲粉香如麝鬢雲欹佳人似卜今宵夢
先向車窓眠半時

再到伊勢富田口占

涼颸滿屋助檀欒翠影紛披潮色寒十日重看海邊竹
老妻稚子共平安

十一月十九日下館賜讌場作

閱武畢時秋正深搖搖錦旆御楓林小臣叨醉天厨酒

陛下親斟將士心馬耳雙尖屹凝紫古城殘照爛浮金
英雄昔日指揮處兵氣千年猶不沈

壽窪田松門翁七秩

文名官績共喧傳復見丹青妙自然更有長生領仙術
古稀齡是大童年

戊申歲旦

淸時有味酒盈觥三度迎年此柳城重聽新歌春一曲
美人替我頌昇平

一月盡夜松田有信來訪卒賦

春淺小門寒色催一宵絲雨灑殘梅金城樽酒憐酣噱

禹域雲山感去來（有信亦到滿洲）琴劍飄零萍絮合友朋凋落肺腸摧（話到寧齋等）笑揮巨盞收餘淚浮世茫茫大夢哉

柳社詩會用壁幅張瑞圖五言韵

暮氣掩池口花飛埋塔首綠陰催嫩寒使我泥紅友

慶雲精舍雅集贈四明阮舜琴

四明山色映吟鬚狂客詩名慨勝區乘興褰裳清淺水蓬萊也似鏡湖無

中亟聲價遍江淮人物君家超等儕讀罷英靈詩一集愛才如命妙安排（借王蘭泉評阮元語）

茶氣和煙詩思催浮生半日擺黃埃池亭一霎笠檐雨

灑自綠陰深處來

柳城別讌壁挂碧海所藏高鳳翰山水圖即用幅中韵

來朝折柳欲呼船燕北鴻南各隔天先向畫中移棹去高人筆墨自飄然

次佐藤碧海哭女韵寄

猛雨新秋暗助悲溜聲誤訝女歡嬉紅窓小影瞥難覓如露人生如電時

斜陽稚菊墓門前秋蜨臨風瘦可憐竟使小魂冥漠去人間百藥是凡泉

剩雲殘日影遲遲心上催秋鬢有絲退食如今偏寂寞
嬌聲少箇應門兒

宿吉奈東府屋曉起作

疑雨疑風到曙天主人窓外響淙然一宵攪煞秋衾夢
不是芭蕉是澗泉

自題酉年賀正箋

一篇華藻耀良辰欲買金絲繡古人五采麗凝詞采裏
古人巧繡太平春（牋書顯能姬小松詠爲廓）

春宴即興

醉聽嬌喉宛轉歌十三絃上古情多梁塵飛盡琴音激

送入春杯卷白波

四月七日植櫻樹于濱松衛戍病院庭有作

神州士道發天家士道精華似麗葩吉事成雙如有數

東宮謁後聘櫻花（今朝奉送東宮賜謁）

雲鬟鬆却墮金簪滿地東風夢裏、心鄰屋佳人春睡美

大夫漫莫起龍吟（謂鄰衛老松樹）

轉僑三首

泛宅更番人海忙穩雙棲處夢茫茫移居重隕悼亡淚

搬到嫁時衣一箱

鶯遷燕賀鬧林梢人世觀來同幻泡一鶴入雲終不返

可憐新宅半空巢

老明玄默仲尼師受福養生吾念之恰喜移家地名好

好將玄默扁門楣玄默二字據引馬拾遺

庚戌元旦

平地六花絶陽熙謳舜年宸題東海雪萃在士峯巓

可睡齋作

半禮如來半看花緑男紅女太紛拏牡丹爛奪袈裟錦

色相憑何證梵家

讀宮坂東平傳賦之爲贈即以擬壽其八十

當年橫獨木今日石成梁笑倚溪橋月流輝杖底涼

六月念八賦

千里兩情雲濕然淚痕如雨雨如絃絃音不絕琴音絕

普濟少林雙縷煙 濱松諏訪 同時修齋

玉顏入夢尚嫣然昨歳今宵方斷絃記嚼黄珠珠齒粲

枇杷門巷月如煙

玉溪麗句夢茫然彈破八閒五十絃錦瑟華年頓于悟

蜨痕鵑影夏天煙

辨天嶋賦贈碧海

邂逅相逢太悦生經年當日尚關情老松鼓瑟迎天女

仙嶋披襟話柳城別墅東山湊綠野甘醇北海瀉朱觥

鳳翰筆墨難忘得夢裡雲煙一幅明（碧海新構墅前月落之云）

高橋遂堂金婚祝詩

穩臥雙棲五十年臨池稱意了天緣翁驅健腕嫗磨墨
鶴髮鵞箋倶雪然

曝涼對壁幅各著一詩

繡本虎邱山全圖

秋菊春蘭感艶緣尹邢玉立鬪嬋娟小亭韵事可千古
酹向圖中呼老船（憶及張問陶可中亭本事）

松筠相國虎大字

恍疑虎氣捲青空廓廟威容想相公猛筆一揮如破竹

虛堂白晝颯生風

介文夫人指頭畫梅

紅燭高燒雪半宵金閨墨戲幻清標觀生閣畔蠟梅影
寫上吳箋香未消詩中用事據石溪舫詩話

恭醇兩親王寶鋆中堂詩箋箋筒合裝

鹽梅餘事仰詩翁帝輔鼎臣才藻同詞采連城如玉照
三園唱和一亭中恭邸號鑑園醇邸號適園寶鋆號東園牋筒描玉照亭圖亭即適園種梅處

西湖春晚繡圖

韶華如夢送輕舟煙柳六橋遮畫樓纖手巧摹東帝技
漫天飛絮繡春愁

陸潤庠書

劉家妙詣恰包羅筆氣豐圓墨氣和不害書名掩勳績

文清軌轍待君多陸經工部尚書今爲禁煙大臣

九月十八夜作

大地晶瑩桂魄鮮滿盤時物薦中天癡雲紛似芒花亂

小餅團如月子圓嬌女無心傳妙語勞人舉首憶前年

清光齊唱從軍樂松樹山西鳴鐵鞭

落馬戲作

拍手大堤群小兒驚魂未定乍思詩吳人按轡醉容兀

賀知章吳中八越女垂鬟嬌態欹玉臺新詠墮馬之垂鬟婕樣落花依草處雪般飛

絮委泥時墮鞍那有此風趣笑拂帽塵移步遲

十二月十三日率賦寄東郭

先春弄好音際遇異凡禽溫詔傳幽谷遷鶯向上林濡翰猶舊業應制復新吟却想閒鷗鷺大江離恨深

東郭東上途次又贈一律

世澤名門恩露圓絕塵標格自翩翩徐乘鸞翼曳長佩笑詠霓裳驚衆仙俊士攀雲千萬丈淸溪話別十三年舊時吟侶半飄散重對落梅應黯然

觀菘翁半香花卉十二客圖詩帖作

淡彩描來畫味濃妙書況配此儒宗蕭疎吹露胸中墨

雄逸驅雲筆底龍滿篋晚菘憐老圃（印文摘菘老圃）當頭涼蔭愛
長松（半香住御行松畔扁松蔭村舍）蠹餘殘卷須珍重雙絕百年方絕蹤

普濟寺

東海此曹洞當年兵火紅如來耐焦熱方便惡奸雄（三方原役）
僧貌淵然古禪心倏忽通二巖遺德在（寒巖梅巖）法燭至今隆

石埭翁見贈畫楳書到而畫未達賦之遲之臘三
十日

遠道尺書宵夢疑好音傳得抵鶯兒江南驛使馬鞍重
林下美人蓮步遲豈趁靑州從事例待看竹外一枝姿
東風明日齎春信滿紙淸芬茅屋知

辛亥歳朝作

五字新頒下建章爭抽妙筆鬧詞場氷魂濯出粲于玉
寶鏡磨來寒欲霜明哲保身原皎潔美人在世自芬芳
沈吟我亦耽冥想松竹門前乍夕陽

新年雜述

歳朝故事拜豪姿癡絶前人落想奇角帶藍袍廳壁儼
徵祥辟惡貌鍾馗支那古習
長空寒月凛吹霜滿樹梅花滿地香劍氣珠光相映發
居然造化大文章
性情卅一字令眞累萬成篇進紫宸欲與至尊歌樂事

熙朝黔首盡詞臣東坡春帖閤遣詞臣進小詩共助至尊歡喜事

胭脂慣畫牡丹紅眼底名家塗澤同倘寫宸題上練素

傳神獨有玉池翁

聰明氷雪匹松壺絶世風標不可模誰賺石翁贏醉墨

寒香凍月曙梅圖

論俳絶句

把俳句擬詩篇以俳人比詩家固失倫儔游戲文字

亦復如是云爾作論俳絶句

其一

國風再變作流形小技猶存小典型便把雕蟲擬詩賦

俳詞齷齪刻焦螟

其二

性靈搖曳短音奇月露風雲抒所思吾比賴翁猶解事

不將白眼貶俳詞 山陽翁每目俳句呼馬士歌見蒼虬傳

其三

胸中軒輊我誰欺妙絕前賢筆一枝公道持論尙游戲

粗才豈傲傚元詩 王貽上袁枚有戲傚元遺山論詩絕句袁句公道持論我最知

其四 安原貞室西山宗因井原西鶴北村季吟

玲瓏詞采奪瓊瑛海內齊稱四傑名漫道開天文運蔚

王楊盧駱是先聲 芭蕉以前俳人予舉四人擬海內四傑

其五 松尾桃青

秋實春花漸作叢人工極處見天工辛勤疏到詞田水
十七字令神禹功

其六 又一首桃青

老蒼風格較堪當沈鬱終應讓擅場詞苑花開三百歲
英華少箇杜襄陽

其七 上嶋鬼貫

江西初祖仰詩豪非陸非蘇別調高貧巷醉來如挾纊
歲寒耐得有新醪 江西謂伊丹派黄山谷詩貧巷有人衣不纊蕪村有鬼貫新酒處貧句今湊用之挾纊左傳字

其八 榎本其角

十千臘酒醉如泥筆掃詞場絕徑畦硬語盤空人眩目五元一集抵昌黎 起句用近人醉其角句意

其九　服部嵐雪

白家才調見波瀾位置應居上將壇底事人間多老嫗恨歌一例說蒲團 樂天與微之書今僕之詩人所愛者不過雜律與長恨歌蒲團斥東山吟

其十　向井去來

緇素爭攀般若臺箭鋒拄得歛機才須知道化入人厚強項老獅哀吼來 晋惠遠集一時名士高僧於廬山般若臺般若臺喻嵯峨落柹舍去來死支考作落柹先生挽歌一篇獅子老人支考別號

其十一　內藤丈草

松楸咫尺守荒庵淚眼方枯歲閱三天半朱霞沈極浦

餘煇一綫逗湖南　芭蕉歿後丈草住義仲寺畔獨維持正宗

其十二　森川許六

老井秋深落葉紛藥煙繞夢亂于雲可憐覆育恩俱絕
想到盧家釋疾文　許六有惡疾盧照鄰釋疾文云覆燾雖廣嗟不容乎此生亭育雖繁恩已絕乎斯代

其十三　各務支考

抵死啣名欺此身九泉蕉老定傷神荊榛滿地尾濃野
邪逕走蛇能嚇人

其十四　岡西園女

針線無痕熨貼宜妙詞繡出鬢雲垂箇儂大有漁洋感
流水棲鴉紀映詩　此女所作予愛氣韻遒上紀阿男事詳于漁洋詩話

其十五　三宅嘯山

村翁野老豈同科萬卷胸中見綱羅選古全符阮亭旨
正聲鼓吹苦心多俳諧古選

其十六　横井也有

握管終年掩竹扉妙文百世匹儔稀鶉衣一領疑雲錦
絢爛才華織女機翁著予好鶉衣俳句則不取以稍入美濃派旁徑也

其十七　又一首也有

文苑巍然墮涙碑晩生低顧夕陽疑掃苔曾學篁民轍
枉擬空山禮導師歳戊申予在名古屋四月二十九日到津嶋西北一里藤瀬村西音寺展也有翁墓碑長八尺幅稱之鐫云並明院殿朝雲暮水大禪定門天明三癸卯年六月十六日居然豐碑也井原西鶴死後一百九年瀧澤曲亭游浪華展其墓徘徊躑躅不能去云篁民曲亭剃髮後名陳雲伯書隨園詩集後詩君生太早吾生晩惜未空山禮導師

其十八　谷口蕪村

千古一人揮妙絃天來短韵敵詩篇殘膏六合灑成雨
始信春星猶謫仙　今日所謂新派專祖述此老黃景仁太白墓詩殘膏賸粉灑六合猶作人間萬餘子

其十九　大伴大江丸

莫愁相見儘銷魂雪鬢尙餘脂粉痕解識桃花夕陽意
隔天知己感隨園　敍大江丸晚年北里情事彼與袁年代略相同

其二十　大嶋蓼太加舍白雄久村曉臺

淸新雋逸又雄渾鼎足三分筆陣屯髣髴乾嘉袁趙蔣
堂堂旗鼓壯中原

其廿一　瀧澤馬琴

歳時両卷自天成記事聯珠照後生好向萬翁低白首

山東也似拜宣城（俳諧歳時記頗渉詩味予謂前未有馬琴不許可人而特推服古人西鶴末句王阮亭一生低首謝宣城意）

其廿二　安藤冠里松平不騫松平天府蜂須賀四山

列侯笑伍太平民韜略縱横不可伸閒傍蕉門抽小草

文恬酣歳臂鷹人

其廿三　小林一茶

活殺隨機見異能現身説法妙光騰倘將詞品論禪品

諧寺沙彌到大乘（一茶別署俳諧寺沙彌）

其廿四　青野太筇

珍重騷壇不朽傳腐儒塗穢佛頭憐精華擷得併雙美

十五

禮部別裁刑部編題叢一書予題之龜田鵬齋題叢序慢語可惡結謂清詩別裁湖海詩傳

其廿五　太田蜀山

千紅萬紫是心塵別有轉輪功德眞刋到遺文勝修墓
藝林應錄此忠臣也有翁鶉衣創刋蜀山之力也

其廿六　井上士朗

瓣香無客蘚碑橫沒字淒涼身後情七部新篇渾敗紙
人間可怕是虛名枇杷園七部集

其廿七　櫻井梅室成田蒼虬田川鳳朗鶴田卓池

漫移傖氣誤群盲濁浪滔滔四海傾匹似江湖諸老叟
詩田滿地皷蛙聲世稱此輩曰天保四老江湖詩老市川寬齋別號寬齋一派標榜清新倣宋詩僻處多故喩

其廿八　久我雪王

天眞妙用佛惟知石女木人歌舞時賜紫高僧播餘德詞林合掌大宗師明治初年敎林盟社剏建俳宗匠者補大中少講義敎職俳句入天覽皆環溪禪師潛行密用之功也寶鏡三昧注木人之歌石女之舞非可情識測度天眞妙用不假智巧而能施功亦如此矣

其廿九　原田珍齋

韜晦半生吟苦身技傳三昧性難馴可知深淵吹龍氣萬疊碧波潛巨鱗翁頗有蘊蓄不屑俗俳交

其三十　橘田春湖

小園花自見淸姿此叟風懷壓老師罌粟一詞情韻似月明如水竹坨詩所謂近代舊派予獨取春湖老師斥其師辻嵐外春湖罌粟句與朱竹坨怕解羅衣種罌粟月明如水照中庭意匠表裏而運典之妙相同

其卅一　尾崎紅葉

奇文擲地發金聲錦繡心腸不負名餘唾迸成珠十斛井翁二萬幻三生二萬翁亦西鶴別號

其卅二　正岡子規

苦把殘骸托紙衾膏肓有病長名心莫將嘔血才推鬼不比錦囊珠玉吟紙衾俳句品題後半李賀陳典

其卅三　又一首子規

寒鬢飄蕭霜露侵孤根瘦削落英深一生難駕長庚上仍是依人籬下吟吳偉業賞菊詩寄人籬下受人憐

其卅四

故時今日豈青春標榜猶憐巧笑顰唯趁天明舊粧様
蛾眉何處證新人（故時新人典據李白）

其卌五

詞園日涉劈蠻箋採摘入詩紅紫偏好惡何曾拘妍醜
梅花怨煞海棠顛（東坡園中草木詩採摘入詩卷）

其卌六

扛鼎前人力卓然遲吟我復試蟬聯纔超卅首臆將絶
眩倒游仙三百篇（予於樊榭山房集最感歎游仙詞）

唐陽山人詩鈔卷四

唐陽山人詩鈔卷五

東京　橫川德　唐陽

辛亥二月一日拜恩移職萃占

拙官恩重此戎袍意氣猶餘一片豪六歲濯纓東海水
更從南海好乘鼇名古屋濱松前後六年矣

濱松錄別

低徊幾度撫軒楹不是更番傳舍情窓納芙蓉餐雪彩
人留廟食勸春耕桑麻膏澤甘霖遍嶽麓雲煙妙墨明
此後天涯勞遠憶夢中曝背到南榮玄默宅高敞眺矚絕佳屋後有二宮尊德翁祠附近農藝太盛
鄉俗辛勤稼穡全却從文運歎推遷子彬經藝時譽重

大樹銀袍恩賚偏旅食有人懷往哲騷壇無侶度三年
殘桃剩李凋摧盡滿眼祇看柑橘圓濱松藩文學三浦竹溪徠門之巨擘嘗講書將軍綱吉之前賜時服濱松多產柑橘

鈿筒鏡奩吹暗塵鼓盆疇昔哭前因遺雛梁燕魂應戀
埋玉春山黛尚顰碧海青天修夜夢牽蘿補屋十年人
行裝理得堪腸斷珍重靈龕小小新

松城累歲賦官游每想兩雄爭鬼籌戰骨吹燐殘砦雨三方原
怪犀吼月老巖秋犀厓蘆花淺水館山寺錦石清流仙
女洲算到騁懷懷古處零星詩卷儘綢繆

自題揖五山館壁

濃嵐密翠壓門扃正看八望俱妙型展作屛風疊成障
五山描出大丹青

奉輓槐南先生

空棺昔日哭游魂髣髴即今聲淚吞碧海投珠同調絕
青山埋骨大名存徑從老杜傳衣鉢也打玉溪開法門
儻向扶桑問詩聖三千年裏一人尊先生昔語予曰比年淸人載筆我邦者詩賦不足言唯孫點拔戟絕群如我社友祇彼齊是與儓耳孫點變死後先生曰欲爲渠作哭詩纔得青山葬汝只空棺一句苦思遂不成篇故擱筆當時蒼海老先生哭孫點詩有碧海投珠明月孤句今湊用之
落日悲風葬此賢銘旌雲鎖墓門前蒿歌陽笛無窮恨
棒喝鉗鎚廿四年事去方知師授貴恩深空費淚珠圓
拈香太息法燈滅參叩憑何通九泉自明治戊子予執贄先生今二十四年矣

較喜晨昏侍病帷却逢刀匕欲焚悲一鍼略判天慳命
五臟何知藥弄醫援筆聊期寫長哭看山也擬拜先師
空濛濕翠滂沱雨仍是門生流涕時先是二月上旬以本職會議在京數次訪先生病牀一日參平井鶴田兩醫監對診行胸腔試刺獲純膿三八相視顰眉豫後早卜於茲我屋前有拜師山五山之一也

寄懷松田有信在朝鮮

一夕梅天情趣幽故人書到復綢繆繁星歷亂螢黏草
懶雨蕭條夢作秋韓姓滄桑昭代遠殷田菽麥劫煙愁
振衣長嘯高臺上懷古妙詞珠暗投殷人七十田見平壤志

岐蘇道中車內卽占

稼穡艱難風雨荒風襟雨袂水中央無情穀食狹斜女

冷注眼波看揷秧

六月念四卽事

先到松楸淚欲呑廿年北轍又南轅勞人展墓如治水
走過家園不入門

先塋作索家兄三松和

雙袖兩行哀雨潛夕陽如夢導青山短碑積我卅年淚
先君捐世今三十三年 老蘚繡他千點斑尙趁稻粱隨雁鶩未能詩賦
動江關先壙拜罷重惆悵羞見林禽戢翼還

六月廿九日作眎三松兄

遠自天涯到營齋更憶卿龕花疑笑口簷雨亂經聲黃

壤三年瞥青山一碣成攬來千萬念杜宇不停鳴

鄉人子恭二學畫贈一絕致鼓厲之意

故人有子遠黃埃造化丹青賦夙才任汝空山耽畫想煙嵐如墨抹頭來

寄題聽詩堂內田青峰屬

紛紛涼月白靜夜永于年病葉辭枯樹秋聲來遠天聽詩懷隔世對酒繹前緣殘盞揮餘瀝三更酹古賢

八月七日第四兒生喜賦

太愛前賢心似孩洗兒重此笑顏開弄璋已倍陳家福揮翰却輸坡老才吉兆榴花紅潑眼高堂竹葉碧盈杯

魯癡儇巧渾閒事不向啼聲判未來

九月八夜得雨後二句翌早足作一律

故人有信響梧桐絕叫誅求酷吏空雨後窺天月如霧酒餘轉枕夢生風襟邊袖角炎氛滅獄背巒腰爽色同晨起補成宵夕句乾坤清氣使詩通

赤川悅新館告竣索詩四十字應之

買山錢已足宦海早收帆快刃揮何易（標榜外科）良醫售不凡心應同菩薩（古醫戒有菩薩心夜叉手語）我未脫官銜昏旦偏營役鞍塵積汗衫

十月十九日游屋島

腥雨羶風憶昔年海潮一碧淼無邊看當空際如浮屋
躋踞山巔似坐船激越軍謠震林木所率士卒高唱軍歌蕭條梵閣閉
秋煙旌紅旗白恩讐滅笑對殘僧話宿緣
獨立蒼茫懷古情情從屋島寺邊傾帆光白射海三面
潮氣青蒸山一城底事金湯誤風鶴果然勇怯判輸贏
誰圖七百餘年後蠻將倉皇學姓平兵家云平氏聞源軍上陸輕棄屋島要塞依海是敗運也論者又云魯將
旅順之事亦早計矣

東郭寄病中作通篇太近小倉山房集中物卽依
韵儌體率賦却寄

山字肩欹瘦可憐故人伏枕似逃禪病來詩拓新田地

筆底花開五色天袁叟才華何爛熳陸家懷抱自恬然
清風七椀茗溪上閑誦茶經擬古仙時東郭在順天堂

讀近人書論

春蚓秋蛇其旨微銀鈎鐵畫要神機臨池未鑑自家面
偏向故人論瘦肥

秋日揖五山館雜詩

終古南山夕日斜晩芳何處采霜葩東籬風趣陶家恨
漫種秋櫻換鞠花村家古須毛寸
想君索句破愁顏吟境如雲妙往還縹緲清空詩訣在
新城拜罷禮倉山寄東郭

蒹葭如雪墨華紛避弋汀洲日暮雲却憶煙塵蔽江漢
可憐雁戸更離群壁挂丹厓蘆雁圖偶有長江動亂報
放學歸來排陣奇交攻既倦去何之南軒墮葉多于子
亂點群童局後棋
南游何日解吟顏魂夢隨潮往復還妙句引人能入勝
風煙髣髴海門山酬東郭寄懷詩用前韻賞舊聯
庭樹叟留終夕催階前廊角落楓堆風威猛似趙姬鬪
吹自象頭山頂來南越志軍安縣女子趙姬攻略郡邑恒居象頭鬪戰
父老賴君生理全醞禾釀麥度終年苦辛倘說驪山土
積在尋常百姓田村農收禾即日鋤而下麥種偶憶東坡辛苦驪山山下土阿房纔廢又華清句戲作

寒霞溪作

淡濃爭五彩萬樹飽霜時麗似老萊服綺如才子詩潤
雲凝暮氣仙石結寒姿游賞今疑夢吟魂廿載馳

臘尾七日偕行社圖上戰術訖即席贈竹蔭中將
中將功于黑溝臺役此日課業大有關涉故及

虎擲龍拏夢一場功名竹帛屬邊彊黑溝臺上當年雪
凍作將軍雙鬢霜

壬子新年二首

吉例倩毛穎麝芬騰研池借佗松上鶴試我歳頭詩律
轉寒琴歇陽回皓翮知分明徵世瑞瑞在但山陲

春催閙興湧擲盞撫吟髯栢酒迎新醉東風扇舊簾雲
飛棧樣滑山秀筆般尖筆山一咲欄前景因緣翰墨添

詠門松

斧斤値厄且休論早帯新暉抵返魂却似陰崖春未透
皓沙綴雪擁孤根

以會議在都二月二十二日恭紀

不是天邊鸞鶴群連年重惹御爐薫龍顔炳射楣間鳳
橙壁凄飛嶽麓雲源右府富士獵圍圖覇府尙看驅萬騎聖皇深念勵
三軍仙餻頒到微臣未如此殊恩古未聞

三月九日游鳴門潮候未届絕無奇觀二律紀實

晴風麗日恰春殘峽口琉璃碧作盤偏有魚龍貪美睡
祇教海水漾微瀾危辭愈覺兼師妙世乃奈加越渡里久良邊天今楚志留阿波能鳴門者浪風毛奈之
別調誰追仲則彈默算人心險巇處幻爲山立地翻看
吟心未免太粗豪破笑聊傾撫養醪欲證乾坤大呼吸
厭看江海小波濤蜑姬安穩撈香藻鳴門和布漁叟悠揚鼓短
舠却憶靑宮曾駐駕夕陽板屋翠旗高

題水雲莊唱和詩後淺田三槐屬

誦向苔枝下芬芳溢齒牙篇篇珠錯落好句鬪梅花

別府散策

滿鬢東風使酒醒醒來咲踏雨餘靑帽邊蝴蜨襟邊鳥

一樣催詩皷性靈

耶馬溪謔作三月十八日

眼福誰云領得遲溪橋大笑立多時休將耶馬論羊質
須悟奇文抵虎皮我輩來游仍耳食山靈僥倖早名知
更從羅漢峰頭望無數凡巒夕照垂

興之所到意未盡重拈八絶句亦游謔之文字也

借佗邱壑舞文章胸裏源泉滾滾長證取馬溪眞面目
不妨傀儡任山陽

海內無雙論未公瞞人至竟是英雄笑追月瀨當年例
戟手溪山罵賴翁

異代無緣一面慳側身西望莽雲還子成當日鬚眉爽
想見英風壓彥山
雨帷嵐幙窟成家暮鼓晨鐘香縷斜石佛曾看老師面
不知何面似雲華
詩說歐蘇畫說黃談何容易筆何荒懶僧未掃門前雪
却管他人瓦上霜（五岳耶馬溪詩惡詩惡畫不堪多後半反古句）
古竹心符坡老情我今轟笑絕冠纓馬溪大有廬山感
欲問徐凝換幾生（前詩太過乃有此作）
老農應厠畫師班耕耨歸來鎖竹關粒粒硯田同意境
苦辛點破米家山（謂松田彥六）

山水不離文字因後生那敢薄前人九泉如聽諸公語
吾道未窮詩未泯

庭内木蘭盛開喜成咏贈之

杏前桃後綴春來牆角欄邊爛熳開風裏花搖寒攏雪
月中香迸暗疑梅謫仙逸興沙棠遠孝女從戎朔漠回
一夜對君尋故事沈吟倚盡小亭臺

四國遍路詞

世俗稱四國靈場順拜輩曰遍路暮春之候絡繹趁
柳絮新綠之節去來疑海潮應接不遑追隨無端予
目睹得句輿到成章是豈宗教觀看他念佛力爲彼

爲我不關不拘焉揖五山館樓上作四國遍路詞

白衣似帶白毫光冉冉游絲送出鄉蜨路鷃程芳草遍

春風八十八靈場

斷鼓零鐘夕日沈仙原重現小香林大師魂攬將軍夢

可似垂髫嬉戲心（仙游原空海幼時嬉戲處徃年爲練兵場遺趾廢後師團長土屋氏感夢村人重建堂宇）

末世于今燒剩膏法輝爭月一天高雲中人自存仙眼

早向蒿萊判鳳毛（據空海傳勅使下向事）

笠檐忽失麗暉紅習戰酣時路不通鐵騎攢蹄塵一滾

漫天黃霧午濛濛（練兵場）

三生彌勒是良媒紅葉何須故事猜卜取同心分半座

並頭擬傍白蓮臺靈場佛座下多置髑函
珠絡金韉憶昔年大夫應讓侍郎賢佛威却似藍關雪
五劍降魔馬不前遍路以徒步爲法傳云丸龜藩執政某騎馬順拜到八栗寺獲佛罰八栗卽五劍山
小姑小妹蓋俱傾滿鬢春風破笑迎一様蜨前蜂後路
紅羅裙映紫雲英
道心磐石杖金剛笙鼓從教閙夕陽欲斷聲聞開覺路
怕看傀儡競登場遍路決不入觀覽場屋
呱呱聲裏試蘭湯太息群氓唱不祥一自明珠出滄海
屛風浦浪有輝光屛風浦海岸寺空海誕生地前半據本寺緣起
莫把荒唐壞口碑喜聞翁媼說瑤姬三春三日賽三度

寅月寅年懷寶龜空海母玉手姬

短褐當年謁帝回茜裙今見上香臺不知癡願關何事

異代無鹽一笑來

彌谷甲山節一枝鐸聲笠影夕陽遲更尋茆屋禮遺像

詑我行裝同阿師西行庵

仙枕夢酣呼不醒宮嬪搦管想娉婷埋香塚上草如紙

春恨描來能樣青清少納言墳在一之坂上

髣髴觀音湧妙潮渡江歡喜櫓枝搖野航便作慈航想

彼岸風柔楊柳招

却教老佛妬鴛鴦無復邊疆化戰場一別新婚翻舊局

愛他百鳥亦雙翔有扮遍路試新婚旅行者

半禱今生半後生人間文字掩光明如來偏困多虛願

脚地頭天盡姓名順拜札

布金誰似給孤園擬趁水雲酬四恩祗應乞食歌姬院

遍路春風也佛門富豪爲遍路亦要必一回乞食

夕陽停杖立郊坰隔隴農歌隔樹聽乍有歸心動天末

故園也合麥靑靑

話到爺孃腸九回誰家幼婦夢低徊歌聲斷續濤嗚咽

新自鳴門灘上來

黃昏風細雨斜時箬笠芒鞋拳樣款一路柳陰人入畫

白衣如鷺太迷離
山巓回首說兒孫鯉幟噓風脚下翻平地登科素辛苦
空中容易現龍門
江湖我亦浪游人夢繞家山歸未眞絮合萍逢猶佛果
善根一夜宿鄉親人家泊遍路謂善根宿予家一夜詢之信中人
幾般葉墮古陵隅忍使帝魂懷舊都如此綠陰鵑默然
宸章赫奕性靈殊崇德天皇白峯陵傳說不如歸乃於登之不美
一肩靈笈帶雲還告向先塋始解顏布韈靑鞋三百里
六旬踏遍四州山
竹蔭中將席上用其近作韻紀實

鼓聲喧聒似雷奔父老仰天偏斷魂未掃先塋唯禱雨
揷秧無術過中元

越三日始有雨即目一首

雨痕青滴小姑衣拍拍水聲田欲波至竟揷秧如織錦
手中尺木是金梭 田植定木

案頭義山集經鼠嚙朝起嘆作

三竿檐角麗暉臨恨向讀書帷內深文字應存倉粟味
社君却學蠹魚心殺機陰相縱長夜殘燭老氈疲苦吟
尚是夢中耽好句悔從枕上失奇琛

永坂石埭翁寄示笠置詩次韻却贈

雨蕭蕭又草蕭蕭重使微臣魂黯銷懷古千秋翻月旦三南朝讓兩南朝予以槐南師南都治春末首與石翁此首姑爲兩南朝

竹蔭中將見餽鮎感觸有作

金華山麓御漁餘想得先皇下箸初今日天厨定凄絕却從殯膳薦香魚

磯野秋渚索碧雲仙館寄題三律贈之並寄懷

侍姬捧硯太嫣然便有墨香催劈箋明月滿簾雲乍碧主人脫俗館稱仙吟心縹緲淸輝裏古意纏綿團扇前杜老風情桃葉態曲闌干角入新篇

百年水逝抵長吁鷗鷺當時盟敢渝混沌賓朋趁冥漠

蒹葭臺榭莽榛蕪却看後起人如此始信前賢德不孤
藝苑春風倩君煽詞華爛滿浪華都
遠傾詎浪擬吟聯何日琴樽笑拍肩羅隱唯應怕籬後
盈川素自許盧前詞場人抱參商恨江海夢牽翰墨緣
待見新詩憑雁寄蘭衰菊秀淺寒天

村祭將有日隣近喧擾不能寐即作

鷄塒南北玉垂垂豚柵東西珠也滋稻色粱香秋社近
銅笙蠻皷嶽靈知比他禱雨饒酣態趁此深宵學幼獅
夢破別燈還一咲田家樂事入新詩

矚目戲作

鼓笛無聲歸鳥翔村農虹氣太軒昂唯言神醴分餘瀝
漫放靈輿曝夕陽

土器川畔卒占

翁媼相依斜照前苦將秋漲問蒼天吳中大有坡公感
黃穗青泥治廢田

軍醫分團野外作業途中經伊豫街道勝間村有
長石塔塔面模糊證永和二年三月六日字即後
龜山帝天授二年物感有作聊補金石年表之遺
云

五百餘年乍擲梭當時北闕入謳歌空看劍璽屬天授

漫使春風吹永和正朔人心徵向背夕陽詞客得摩挲

一枝古塔凌雲影却寫南朝哀怨多

琴平演技場觀菊

美人醉我以芬芳繡幙銀簾開夕陽造化傳奇秋一齣

露脂霜粉泣登場菊名有醉美人者

十月二十日作

如此秋光敢斷腸無風無雨到重陽屈醒陶醉平分去

笑取微醺答晩芳

鞍上二律

從公何所見一路沿堂檐佛古人懷德雲低塔失尖洋

葵泛鮮碧漢柳矗黃炎更有雁來好霜餘紅焰添
退公何所見光景也堪描放學群童亂揚鞭我馬驕善
根尋一宿冷粥度今宵笠屐經千里遍路道者對君羞攬鑣

十月廿五日招魂祭作

馬革裹屍後人間同岱嵩神琴漾哀韻彩旆引靈風偕
老荊釵婦倚閭銀髮翁渾將當日夢涕雨灑茅宮
冷旛圍幄含濕霧漫天吹上將揮聲淚悲風助誄辭遺
孤漸入大幾歲耐朝飢携手來低首魂兮尚饗之

題金毘羅圖

吟肩我也聳秋晴相赭楓紅尋句行曾是春翁題咏去

一邱一壑有餘情

今井桐陰叟輓詞

桐陰涼味已前塵落木西風感臆新豈想蘇詞作君讖
眞成華屋悄無人

高松栗林公園有奇樹即詠

根從枯樹腹中欹纏絡龍蛇現怪枝憶得杭州雙竹寺
溫公當日笑題詩

丸龜井上通女墓

苔光引香縷要我到碑隅握管才偏女趨庭兒也儒雲
濤紀東海郎壻得嘉符（男義勝爲藩侍讀著有養子訓）姓字百年重替人今有

無

觀香谷翁京洛雪景圖

古魂應鑑墨痕斑妙在忘寒遂勝閒髣髴晚晴楊萬里軟紅快雪賞東山

右拇指生疽困臥連日有作

蓬蓬藥霧鎖樓臺懊惱憑何顏便開食指動時杯欲把病魔祟後筆難擡却憐醫戒排紅友空看華牋積錦苔適有以彩牋請書者閒煞侍兒磨墨手膽缾枕上揷花來

歲暮園丁日涉喜賦

株株茅屋柳已似嫩芽萌臨水水光活先春春態成陶

潛我欽性門巷客知名郭氏剪裁巧陽機容易生

癸丑歲朝二絶

老楳噤口讓春魁髯叟出山祥色開一樣虬枝如抗手
東君破咲款門來

此事今春夢裡尋諒陰門巷自蕭森還追七十年前迹
一片樂園詞客心作樂園薩藩山田清安號

有人索還暦壽詩者一絶贈之

躋壽方期百歲全未妨華甲祝觴傳花前此酒斟須緩
尚剩春風四十年

一月二十六日作

疾痛喚天天不開漫空霜雪壯心摧箇儂臥病大寒破
二豎斂威生日來四十年前事堪憶老萊膝下夢難回
一行兒女偏歡噱更向龕牌薦臘梅

木澤馨堂院館完竣報來一絕慶之
妙力唯應笑祝融劫灰冷處證神通華嚴樓閣一彈指
重現五雲搖曳中

越後九如印史寄外城湖看櫻詩索和乃次韻
香雲爕雪萬樹花九老春心與花加一瓢（外城湖一名瓢湖）徐傾湖上酒
薄醉詩就逸興賒却想別才淩蓉谷（芙蓉林谷）漫道小技
何足誇秦篆漢鐫妙錯落仙風道骨抵噏霞更攝花魂

收腕底鐵刀觸處幻麗葩

六月念夕門外口占

茲樣光流月半彎晩涼吹客倚柴關秧田倒蘸五山影
渾被蛙聲圍五山

訪大西見山蒙祕笈開眎賦贈

積代芸香豈世情喬松突兀壓軒楹名門永見尊儒雅
巨族何須蓄甲兵金石先秦疑玉壘乾嘉衆士築詩城
悠揚箇裏仍南面滿屋雄風起籟聲君家前日屋梁間發見往昔所蓄彈丸硝藥第四句故及

戲畫蘭題四絶第二即前日之寔錄也

劍歸烈士蘭幽谷腐語誰知妙意闌露葉臨風潑于劍

好將烈士視幽蘭

苦心略有蔦蘿知巖角攀捫瘦脚危悟得釆蘭如禱佛
大師當日捨身時捨身岡空海投身處生蘭

髣髴蘭芬箋表生月嬌吮墨抒幽情一花一葉針般細
便是繡餘裁得成前日見山宅觀馬湘蘭畫蘭乃仿之

空山掩泣昭君似移向雕欄學太眞王瘦楊肥儘珍重
瘦肥何敢累佳人蘭作盆栽莖葉太肥不似在山時

偕諸子越大麻山游琴平雜拈八首

憶得盤松腥霧吹鍬兵辛苦士應知秋花掩壘紅狼藉
略似伏屍漂血時過大麻山工兵工作場觸懷旅順當日工兵昔稱鍬兵

層閣聖壁墮微茫走翠飛嵐脚下忙一笑主賓今易地
五山並我揖山房 山上遙望我揖五山館

遍路尋秋笠屐聯鐸聲恍覺響諸天手中似展大師傳
眼底山川渾佛緣

大空無翳鳥飛還秋在蒼巖赭葉閒應是神斤運餘力
寒霞一片挿金山 途中有大似寒霞溪處

惟言金碧壯山川豈信長袍贏社錢我望南雲禮陵寢
帝魂儼在白峰巓 新造白峰神社

秋山半日醉清尊刀匕竟忘吾道存偏趁蕈香爭雋獲
茯苓閒却老松根 謔贈同游

今古茫茫僞雜眞誰從欲海問慈津恩讐自是人間事
枉使彌陀咒鬼神（松尾寺）
髯翁才筆麗詞華却見寒巖不着花（林鵞峰十二景詩）學士九原應
避舍林家那得角森家

游彌谷寺

怪鳥導人攀亂峰迎門老衲說靈蹤當年五劍空中下
轉眼八州節底從（別名八國嶺）汩汩寒泉傾法力蒼蒼絕壁鑄
慈容凌雲頂上王家句（漁洋泉從古佛髻中流）妙境誰圖箇裏逢
疊嶂刺天刀戟連誰教靈境漲烽煙弔過篆冷花寒處
憶到吳顚趣蹶年（香川長曾我部）戰骨苔封雲霧裏石獅秋默佛

陀前西來吾輩乖眞意長嘯漫裁懷古篇

襤褸翻風欲化塵法雲橋畔故逡巡祇云宿業天刑汝那識空言佛戒人未讀蘭臺一篇秘（治癩符）怕看祖可再生身（祖可惡疾人呼癩可）替他嗚咽替他哭流水棲鴉俱愴神

練兵場招魂祭作

抽筆哀重寫（去年有二律）秋深草色寒平生盤馬地倏忽現靈壇簫鼓招魂易革屍成鬼難友朋猶在目雙淚更闌干

十月卅夜對菊

絕品推黃素其餘不算奇燭明花乍淡宵淺露何滋內苑延宸賞大袍（御紋菊名）輝錦旗來朝是嘉節便合醉東籬

鵜足津途上口號

渲染憑誰上畫牋眼前水彩歎天然分明秋證滄桑變
穲稏雲連鹹戶煙

觀琴平山楓歸

暝色遠浮塵陌間倘貪吟矚照酡顏始知霜樹留餘爛
惟道夕陽偏戀山歸底孤泉耐秋咽僧邊一鳥掠鐘還
不教醉脚迷歸路東嶺徐擎月半彎

觀四國靈場奉納經

同分蓮座永相憑供養何須倩老僧楮紙也知如繭紙
蘭亭略似殉昭陵奉納經者其八死必共納棺內

茶事宗匠索詩一律應之

愛聽爐鐺湧籟聲勝他落子響丁丁溪茶山茗品泉味
徐啜猛煎懷古情居士荒庵欽妙喜山崎英雄安土剩軒
楹猿面茶屋今在名古屋博物館內眞成此境領仙趣厭看輸贏爭一枰

小病作

牀頭餅裏鬭丰標那用沈郎羞瘦腰擬倩四君調藥餌
病懷何處覓無聊壁挂介文夫人臘梅圖紅蘭夫人竹圖秋暉翁蘭圖餅中插菊

訪矢土錦山翁于高松客舍賦贈二首

廿年往事水滔滔感逝傷離淚滿袍李杜再生盟主重
光芒萬丈客星高何堪柯夢趁黃壤尚憶金門抽彩毫

雲樹相逢半欣戚尊前依舊見餘豪（柯夢主人槐南師別號金門仙吏翁別號平生作達有餘豪師贈翁句）略似陳人說夢癡靑衿尙記叩門時老莊宜讀古梅巷銘字偏欽良教師巨匠文章尊導化殘年葦竹喜追隨一竿吾羨秋江濶鷗鷺忘機傍釣絲（廿五年前予請翁撰鄉師三輪松巖碑文翁題曰良教師碑翁時在巖谷內翰邸內署曰宜讀老莊葦竹閒人翁近年別號）

十二月初二夕即事贈依田氏

春色今看早滿門于歸歌罷醉芳尊應從華燭思湯餅繡褓明年笑抱孫

歲頭一絕

餞年爆竹太喧豗東國迎春自別裁松勢躍如龍破蟄

何須平地一聲雷

落馬作

按轡東風顧盼雄却將醉墮學周翁微官未得離覊勒
敢向新年賣老驄

自題墨戲

淡墨一揮神正傳何須塗澤畫嬋娟欲模煮石山農意
剩馥殘香五百年
獨自怪奇呼快哉好尋象外寫寒梅凍毫呵去花如霰
殘墨從教補老苔
玉立亭亭絕世姿墨芬也似鬢香吹鷙縑賺出吳姬面

笑擬坡仙秉燭時

六月十四夜枕上作

滿農開閘水如河便憶大師恩似波判得門前揷秧遍
蛙聲略比昨宵多（滿農池空海董工竣）

入京大涼戲作

擺落南方赤日埃晩涼匝地撲衣開清風却在田園外
誰道都人趨熱來（讃岐暑威今年特猛）

訪鷗外先生

隔年相見便怡然腐語何妨寫眼前老鳳有雛振彩羽
（令郎已卒大學）文星無恙坐中天巨名藝苑光芒仰偕隱泉臺襟

袖聯忍俊不禁懷井叟人間難得美人賢談及安井夫人

庭際劒蘭挹露感賦

喟然也想似臨川蕭艾叢中香暗傳啼眼如描當日面
美人甘受聖人憐啼眼二字本李長吉

古中元節雜句

露枝珍重把杯看閒却蹈歌燈火闌始識花芬壓醪臭
盂蘭盆節醉盆蘭

一天風死暑雲停所謂讃岐夕凪偏賴蒲葵倚晩扃鐵馬簷間默
無語砌蟲祇愛戞金鈴

四邊田圃數楹堂堂下女群乘晩涼一霎風來歌一遍

舞衫齊帶稻花香

予在讃岐四年從公往返親睹一牛迭爲數家役蓋皆賃借也頃日光吉澆華寄其所撰賈牛帖敍請詩即賦此贈松尾某

父老停鋤首幾搔黃犂難買賣無刀馬前慣看隴頭嘆始識善人功德高

眎歸休諸卒

戎衣卸得力農耕五體唯憑一字誠人執刀槍出揮鋤良民回首是良兵

除夕偕行社作

枉覆深杯不自持龕燈應訝我歸遲尋常一樣離筵酒
澆向胸中暗祭詩
電燭乍消還乍點華筵偏似踏青行略疑柳暗花明路
唯少黃鸝宛轉聲

春初枕上作

小寒以後妓女每曉來練兵場行所謂寒稽古者予
家相距咫尺喧騷破眠即戲作之

演武場頭絲竹新玉纖呵凍立霜晨憐他辛苦同兵勇
便是香圍粉陣人
紅袖贏來苦行名紫衣却見縱柔情寒蟾欲墮繁絃歇

五岳晨鐘逗一聲某山主近日以破戒見劾

綺席當年寄賞音我今老大耐沈吟忘情不判絲哀脆
歌吹何關海淺深

遮莫繁霜壓曉鬢歌珠迸霰響珊珊歸家恰拜曙暉影
不使寒鴉覘玉顏

閒却歌喉閉却門重尋殘夢被池溫替他戛玉跳珠去
寒雨今晨太有恩曉雨休課

聽罷枕邊歌吹聲家僮帶夢上書檠阿爺洗得箏琶耳
太愛咿唔響五更

一月二十日游金毘羅社

淺春也趁野翁群金字仰看華表紋雪磴嵐梯山級級
鬼神仙佛事紛紛（此社曾與松尾寺有紛訟）瘦節情厚扶衰脚密竹影圍
衙冷雲歷劫七賢同倚壁閑揮麈尾送斜曛（往年有惡漢入書院以墨塗抹壁畫應擧竹林七賢面今略得繕修）

紀實一律

三百青銅拋不辭挂來尺幅杖頭欹石麟藏草事相似（獲于市賈籠底）魚蠹有情吾欲疑十字鋒鋩爭五劍畢生木鐸啓
群兒歸家擬酵柴夫子更向老妻謀酒資

三月七日蓐裡作

唐賢當日味嘗得笑顏開人事趁天意病魔歸死灰藥

靈同啓蟄腸活送奔雷珍重戒杯酌麴生原禍胎

聞石埭翁在月瀨別墅寄呈

古樹吹香溪壑新霜髯銀髮恰相親連年飽見梅花面
一度惟尋月瀨春薄福頼家傷命短此翁榮壽迫仙眞
餐霞騎鶴渾多事永訂人間氷雪因

山館即矚

薄日略疑房燭紅象頭山霽雪連空笑將婚嫁論天地
靑女凝粧媚碧翁 讃岐俚語

訪大西見山席上賦

品書談劇引杯遲蕉石雪蕉亭館宜三岳風雷走虛壁

四川雲霧湧高楣古人在眼仍今日飲者留名也幾時
更賞戴公飄逸筆仙心和醉墮迷離池無名蕉石亭額張問陶雪蕉山館扁戴本孝畫冊

見山宅又作四絕句

墨琴興會鐵夫知寫韻軒中弄翰時怪底老梅如許瘦
癯然應擬外君詩蒲褐山房詩話惕甫詩癯然以瘦

當年桂玉太辛酸居不易兮歎冷官地主即今恩也薄
欲將田舍傚長安主人論米價昂騰策戲贈

髣髴摩挲似有痕小亭樹外大雲根丈人還抱人琴感
自別知音默不言種竹山人曾宿此云山人有石癖

吟心酒後乍飄搖醉脚徐移小石橋略判花香通茗氣

殘楳如夢掩疏寮

和秋卿移居三絕

高山在眼碧廻環笑與無絃倚壁閒流入一條門外水
也從琴上皷潺湲

擬封錦字煩青鳥紅粉樓中春夢空豈趁絮花移宅去
美人錯怨陌頭風

遷僑阮子又今年雙鶴窓前瘦可憐却送飛鴻倍惆悵
杭家未了買鄰緣秋卿喜道古堂集今特用事據集中

佐藤碧海徵銀婚祝詞予以多事失期今趁原均
致意

詞葩粲放艷陽年群彥齊謳奇福全落後一詩無采色
餘花悄倚綠陰前

晨旭

晨旭曈曨喜鵲鬧恩宣到手淚紛紛鬢毛應識廿年苦
樗櫟尙叨三等勳霜雪遼東寒倚劍甲兵燕北莽屯雲
回頭戰伐倖身世泣拜天家龍墨薰

臣職在讃岐五月念七列主基齋田揷秧式恭賦
一律以爲大禮奉頌之章

紅裳藍襖揷秧前一道如綾水繞阡（綾川）舜地堯天大嘗
會薰風靈雨主基田于今耕耨遵先聖此日黎民想五

絃田舞用琴歌待看三秋登穀後醴光黑白御觴傳

鷗外先生總監書來云前日賜聖製一首于赤十字社日白衣婦女氣方雄佩得徽章十字紅一意療創盡心力回生不讓戰場功余奉和云女流還有丈夫雄不怕沙場蹀血紅更向汗青增故事玉纖爭奏裏創功奉誦之餘和總監作

從軍昔說女郎雄十字還看馬上紅活殺戰場今易地木蘭良玉是同功

書齋困暑裝置電扇漫興有作

枉傾囊橐敵炎烘亭午從今愛退公破萬難抛讀書志

冷官一笑買淸風
齋中軋軋是何聲髣髴輪船蹴浪行捲起長風涼萬斛
恍然移我渡滄瀛
空使涼風吹懶梁枕頭芸葉任飄颺孟光一語何深婉
今日讀書加幾行
欲擬江山煙霧句漫描幻境一長謠疾飆鼓作魚龍氣
堂上居然湧海潮
輕翼紛披煽冷飈好將電筆博兒嬉懸空一綫搖難定
略訝風箏落地時
人工未解奪天工赤脚貪涼立小櫳笑指遙空數峰碧

樵青快喫故郷風水力電源在吉野川婢曰是我阿波風也爲之絶倒

碧紗幮裏伴横陳枕角涼風一味新却使青奴怨秋扇

専房今屬電夫人

　觀音寺軍醫分團野外戰術訖予講話伊勢義盛

　降田口成直事蹟屬本地八幡宮麓

彈琴山下路懷古據征鞍圖上驅兵易機先制敵難三

郎何膽大孤將少心丹想見英姿颯松風鼓浪寒

　訪山崎宗鑑故居一夜庵在觀音寺

早日拂衣弓馬班茅庵一夜倚孱顔仙風道骨仍歌詠

我許詞林小丈山

九月初九感賦

歲稔穀卑何足憂比鄰設醼酒如油誰云百姓居貧賤
却見餘糧鑄馬牛父老好辭謳德澤田家套語苦誅求
催租吏去斜陽裏爛醉酣歌八朔秋昔歲凶丸龜侯施德政八月朔民以餅造牛馬記念之稱曰馬節句今尙然其大者可匹三尺童子蓋因侯好此両畜云
邊亭流血想吞聲風氣今悲凶似兵曾不耕田唯賭穀
偏能逸食欲聊生可憐健婦哭先隴始悔千金同覆枰
壯士開天堪痛絕歸來頭白又從征

西野某索家釀金陵詩

吟魂醉後乍飛騰略擬鳳凰臺上凭一笑詩腸沁王氣

杯中醇酒是金陵

夜漫步中庭仰視銀漢憶到獨逸名戲作一絕

牽牛誰識抱嬰孩天上啼聲不可猜唯愛髯奴情想妙
女星瀉乳作河來

唐陽山人詩鈔卷五

唐陽山人詩鈔卷六

東京　横川徳　唐陽

比羅夫驛望後方羊蹄山作

替公寫照此高山仰看威容鎭北蠻公指高山擬銅柱文淵彷彿定邊還（有憶故越國之守阿倍公公置治此地歸頗有史疑今姑從舊傳云）居然東國舊提封史筆千秋惹衆訩欲證蝦夷是皇土神人也種玉芙蓉（別名蝦夷富士大日本史列蝦夷于外國傳）

旭川官舍偶興

滿眼晶晶四野平大寒節後朔風聲難因氷雪換凡骨便免聽明愆此生坡老當年悟憂患梅翁幾歲勸農耕

詩人自古遠官慣去燕來鴻猶繫情維新後開拓諸官中詩人唯可算杉浦判官梅潭梅潭有來鴻去燕應嘆我句

遂忘嚴冬窮北寒鐵爐熾處有餘歡誰圖雪窖氷天裏

却作火雲金日看狂把靑氈呼長物笑催嬌女動輕紈

雁魚頻寄加餐字爲謝故人憐遠官

炬樣添薪爐火前橫陳暫此領安便熱疑丞相絕倫勢

燄想咸陽三月天雪屋無聊容笑謔墨華滿意鬬鮮姸

誦過煙雨東山句北海孤鴻乍惘然磯野秋卿見寄近詩一幅

蕭齋獨坐萬緣輕窓際焚爐聽雪聲偏賴玻瓈劃寒燠

偶抽卷帙愛縱橫床頭無幅仍空壁煖爐焦燥壁幅難挂餅裏有花祗

象生笛外天山堪髣髴唐賢塞下曲中情

細數先賢擬現身北邊事物笑交顰滾將安道門前雪

掃得邵公齋裏塵（此地風習每朝投雪掃室塵雪色全黑也）墨子漫揮閒涕淚張家苦

憶好鱸蓴寒廚彈鋏歌聲促便是田文寄食人（連日大風雪魚賈菜傭共絕蹤）

過永山村

兵村兩字至今傳上將勳名屬拓邊一樣茅檐如列伍

行人輒判舊屯田

官舍偶興詩多及煖爐而意未盡即作數絕句

紅塵想到茘枝年喜見吾盧曲突煙一騎却催妃子笑

退公樂在鐵爐前

密室生春抵返魂等閒風雪壓柴門主人依樣唐花態
貪盡奇溫笑不言
敢比祖龍焚後灰火爐留燼壘般堆投薪却有坑儒感
仍是世間梁棟材
走向爐傍溫凍軀公裝未卸笑胡盧雪華滿面何郎粉
融作鮫人綃上珠
有司進炭紫宸宮方是蒼生置酒中一醉借名眞快絕
酡顏嚼雪對爐紅（故事煖爐會見歲時雜記）
學他箔上欲眠姿疎懶唯應爐火知想得漁洋詩句好
紅蠶三月暖房時

家家日爨萬斤薪松柏歲寒傷宿因失却數峰江上碧
蜀山何必笑秦人

近文臺觀履橇會

弓樣長橇篙樣竿群兒消受雪天寒朔邊不道舟車駛
矢正離弦水下灘

四月十二日退賦

宮漏沈沈宮柳青玉廊窈窕隔仙廷一鷗先泛蓬萊水
群鷺無聲立御汀（鷗外總監第一拜謁）
詞賦難攀短李才吟心似水繞瑤臺三人未免君王笑
一伍便成川字來（予右植木峰二子共長身）

別殿春風茗氣淸紫宸賜謁感餘榮一雙繡卓堆仙果
渾訝五雲凝得成
水師陸仗共先憂長仰天潢萬古流結珮攬環仍舊識
恩波深處話同舟（此日海軍諸官亦蒙謁）

拜槐南先生墓

槐翁門下老唐陽又向靑山奉瓣香墓道六年苔蘚色
錦囊千歲劍珠光鬢毛既驗添斑白詩筆猶憐少古蒼
弟子低徊斜照裏軒軒霞舉是空王

滯京雜詩

枉自車箱賞艶葩人如蜂蜨去來賒未妨橫劍思佳句

看盡長安日日花（連日忙甚車內憶到古俳詞）
虎鬚恰稱貯龍韜意氣應翻東海濤看取大臣當面品
斑頭欺雪嶽然高（富士見軒大嶋陸相招讌）
絕後妙絃懷舊臺錯疑柳絮是琴埃萬櫻花底三詩客
惆悵吟魂招不來（過永田平河兩街憶春槐古三先生）
鴻南雪北別多時重灑淸風襟上吹廿歲情深潮樣似
簔頭海外送行詩（與鶴田氏話舊）
花氣浮衣月漾杯美人醇酒此樓臺醉將豪語翻劉局
前世信陵今又來（新橋花月樓宴）
依然湘淚欲乾難佛室如秋磬韻寒莫怪夫人竹般瘦

蒼梧雲鎖失團欒訪湘秋未亡人

漢嘉山色憶低徊暫綴行裝話絕才似趁月明如夢鶴

黃州一等下仙臺待我歸軒觀張問陶書聞主人今夕將赴東輿

何翅鶩鶚才子吟雲煙還訪畫林深白描却證黃金貴

始識詩人惜墨心醒廬謔贈

妙賦年來噪洛陽風情更合詠鴛鴦衆香國裏殘梅色

猶賺廣平鎔鐵腸三年有成莊謔贈

裳川老人席上觀長屋海田先生畫感賦

煙驅墨染暮年娛想像畫成拈白鬚淸籟幽泉孤往興

縹裝象軸一一聽圖春風眼冷看桃李武庫兵藏歎將儒

誰識西南飛檄日君恩一劍獻忠讜

觀愛奴熊祭

南山射虎昔聽之北海祭熊今始知太訝胡姬鳴咽態（所謂哭婦）忍看毒箭亂飛時誰從殺戮憐夷俗笑舉犧牲付酒資（愛奴男女嗜酒最甚）不是少年豪快興（放翁句少年射虎南山下）斷腸我枉入新詩

放聲便似哭途窮應是屠羊躑躅同夜月曾眠蠻篠雪胡人雅愛竹枝弓青青草受濺濺血翕翕笠鳴莽莽風祇喚奇觀齊拍手無情京客薄醺中（為東京觀光團行之）

刧馬偷牛事偶然長頭高脚獸中賢民多菜色渠何罪人有官聲土未田漫擬永淸除害日空懷坡老勸農年

儘教羌俗耽游獵聖世幾時完拓邊

在讚岐日采蘭捨身岡滋培三年愛花芳馥移住
時北海方氷雪乃怕枯瘦託人去爾來半歲節屆
薄暑始迎之六月念一夕達焉喜成八句

磁盆三尺抵屏帷南國佳人久夢思陸氏應同煩驛使
自家未忍遣楊枝半宵遠道簪環卸一勺清泉葯餌疑
便騁閑情更微笑趙姬彷彿至淮時案頭有質園詩集信手拈環娘之事

朔方

朔方方薄暑啜茗愛陰濃蠻樹是何緣胡名今識松驊
騮依苜蓿野火學狼烽邊警年來絕悠悠樂客蹤

北窓偶占似內

草木山川洗舊粧眼中萬物盡蒼蒼描將氷雪三冬夢
笑領蠻荒六月涼失意回頭猶得意初陽轉瞬是斜陽
莫忘北地風霜早料理黑貂裘一張

卽矚

夏木千章鬱似城劍光旌影不分明貔貅巧布堂堂陣
却被綠陰成伏兵

七月十八日到釧路途中三律

美瑛南去碧無邊麥浪秧波平接天尚有莊園屬侯伯
謂嶋津農場等莫將封建視山川十年再現荊榛野當日漫推驪

吏賢儻是六龍重駐馭忍教聖主覽荒田十勝有明治四十年東宮行啓記念田今半荒蕪

北邊七月旭川東節物驚心夢境同誰信茱花開暑景
却從貝鳥語證春風人煙墟落尊耕耨松柏山林怨祝融
爛額焦頭青帝面幻來殘燒刼灰中

牧草蔽山連野蒿也看撒網賴輕舠潮牽故國空城夢
人趁天涯地角勞絡繹漁郎伍舃卒分明白馬蹴銀濤
未知嘉穀生何樹市價唯祈魚麥高釧路海岸多放牧地水田絶無居民有不識稻者云

遡釧路川到標茶舟中作六絶句

隱約螺鬟墮碧灘曉裝濕處覺凄寒川應釧動衣香路
山是佳人隔霧看釧衣四字本于梁元帝詩此日濃霧

欲著奇詩答遠游江陵千里片帆浮平生吟苦打頭屋

却笑舷窓還打頭

草澤英雄乍起來一時失箸豈吾才絕風流裏煞風趣

頭上仙禽船底雷舟到塘路乍見鶴自岸邊起舟人云巢于此地時方午飰舟即以石油發動機行也

夢醒羈愁隨櫓聲灘高流急驟涼生免教詩鬢增斑雪

蘆荻無花亦有情

高吠群鳴雲霧邊淮王鷄犬似昇天怡然暫學汾陽態

兒女幾家紛滿前移民挈家喧噪難狀

太息人間貧富殊群兒輕賭萬金軀棹將精衛銜殘木

欲獲驪龍頷下珠聞明日三井富豪來懸重賞使流木夫乘獨木行競渡云

標茶

遍野薰風苜蓿香定知獄吏感滄桑畜中駿勝人中賊
應哭囚房成櫪房（軍馬補充部支部渾係舊監獄屋舍）

贈鷗外總監

往哲顏應破九原簪纓卸後筆逾尊便看鐵硯磨成海
還有恩波流到門大綬一章擎旭日遺芳滿幅寫蘭軒
闡幽深感儒林傳此道寸心千古存（前作澁江抽齋傳今草伊澤蘭軒事）

北海童謠

應似相如衣錦回高車駟馬戟門開京官蹤跡邊鴻笑
氷雪消時乍北來

風冷略疑窮鬼猜北溟七月劈肌來銷金窩底長安客
避暑臺應避債臺

哭依田竹陰中將

叢竹成陰不覺涼紛紛內熱淚蒼皇恩威四國貔貅帥
燈火同窓華蕚王十斛蒲萄餘酒夢滿衣風雪臥沙場
鬚眉如睹登仙路憶到天橋一斷腸 中將丹後人與閑院宮殿下同時留學佛國黑溝臺役事予數聽之

前日書南國佳人久夢思一律寄磯野秋卿秋卿

賦寄兩絕卽次韻却寄

未儆司空情性眞老奴姑借少年身花疑遺後妓衣褪
綠葉猶餘歌舞春

今世古人秋子在待看筆記累篇傳唯吾領略西軒趣
香祖香吹幽淡天起首四字借用宋漫堂語

輓岡中將

次第哀鴻齎訃時松城回首感追隨綺筵八十八樓大
凶夢今年今日疑酒陣三蕉甘卒伍將星一夜墮天池
爲公濺盡珠珠淚略似秋花露滴滋君萩人予在濱松日爲旅團長數與大米屋宴當時君頗節飲

過神樂岡是離宮豫定地云感作

廿年廟議夢相尋盛事堂堂說到今爽籟似聽仙樂奏
靑山如待翠華臨美瑛一水漣波耀點首千門煙火深
更願恩輝加海北好教瘴霧盡消沈

八月二十日釋宗演師見訪賦似

未抛濟度衆生緣恍訝袈裟帶刼煙曾向南山憐萬骨旅順戰後今始再逢還從北海說諸天詩追策彥義堂後人在藥爐經卷前話到叢林病顏破機鋒我敢擬横川

送宇都宮師團長蒞任大坂城

撫今懷往將軍情傑閣憑時雲乍晴笑看華城滿灣浪飽餐蘭土大邦英千秋啼哭猿冠者五歲飛騰龍動京中將駐英京前後五年云回首干戈念家國金甌無缺在强兵

游愛奴部落

想到東南日出隅胡人北海貌容殊閣閭未必羅敷似

婿是鬖鬖盡美鬚
牛背胡雛朗誦聲始知恩化海同傾好將簡册換羌笛
解唱日東天子名
濃藍淡綠竹般紋笑口開時个字分損煞靑山眉黛好
將言黥墨是頑雲胡女多黥口圍傷天然好貌眞可惜
聽曲沅湘荊楚隈迎神皷笛聒蒿萊一身未譜歌篇九
甘讓劉郎屈子才

即占

北海健兒嬉暑天一腔入破夕陽前淸笳吹綠邊城樹
高曳殘聲和亂蟬

石狩十勝國境車內作

羊腸九曲火輪回寸馬豆人眸底開氣息驅雲漲紅焰
長蛇奄奄繞山來

俱知安驛軍醫分團野外戰術了飲旭樓醉中謔
專修員諸子

徹夜飲須晨旭驚旗亭槃礴愛佳名紅裙合座釵光閃
壯士高秋老氣橫苦向蠻軍避鏖戰却從酒陣出奇兵韓偓句酒衝愁陣出奇兵笑揩醉眼看歌舞隊隊魚鱗鶴翼明

五稜郭野外作業訖賦一律代講話

眼中何敢有輸贏海外求師名早成稜郭似涵蘭國水

亂松猶寫鼓鼙聲石頭容易降幡出豪傑尋常髀肉生
豈與柳營謀報復帝威業既掩東瀛五稜郭石壕甚淺蓋幕府倣和蘭陀築城法造云

湯之川絶句

道是異人曾所栽月前秋白鎮徘徊蟲聲莫訝帶香韻
幽自鈴蘭叢裏來

登別溫泉游後到室蘭訪立花氏酒間賦似

噴薄巖幽嗽熱湍更欣詩酒結新歡驪山幻得貴妃面
浴舍見一美心臭契來溫室蘭名士美人香草媲白雲紅葉客
衣寒此游笑擬停車杜猶倣醉醒三日看

秋卿見寄五華留影集讀過題後

海北吟朋喜欲顚新篇煩雁下遥天孤琴敢許他人皷五色祇看君筆圓淸脆韻存絃指外蒼茫興寄水雲邊相思乙字灣南客才在江淹未夢前

機動演習途上瀧川作

遥憶瘦容催暮哀鐵鞭幾日度崔嵬馬塵颺處劍華散雲路杳時寒雁來苦竹黄蘆秋水盡老楓晩柏錦屛開臥游枕上應看畫遠道思儂病夢回出宅時內子病

懷北海古人詩

史家粉飾筆應知我向芳山有所思既使鴟夷泛煙水扁舟惜不載西施源廷尉豫州

山川形勝尚依然撥亂永傳長祿年陳語今知輸孟語
將門出將舊松前松前藩祖蠣崎信廣今之第十一師團長蠣崎氏信廣之血裔也

聖朝何敢棄賢豪經國遺臣空鬱陶僥倖紉蘭吟白髮
世間枉自擬離騷粟本箱館市尹鋤雲

五稜郭畔受降時海律誰云抵豹皮他日廟廊同把臂
恩讐如夢鬪鬚眉黑田榎本伯子

果然國士是仙翁橐筆著書攄苦忠搏過蝦夷程九萬
却收鵬翼隱壺中松浦從五位武四郎翁晩年住其故里東海道見附驛屋唯一疊大云

詩卷何須天地留好將仙骨裹蠻裘笑浮東海掉頭去
長官空望煙霧舟松本大判官十郎君好著夷服人呼謂亞都之判官亞即裘之夷語也明治九年九月議不合寄辭表于黑田長官長官大駭自欲慰撫搭船到小

樽君偵之先期越定山溪出函館急遽歸鄉不再出云

緒餘諷詠托豪翰八度迎新老判官校到遺篇淚如霰

友情溫較朔邊寒杉浦判官梅潭翁句八度迎新北海天翁手訂其友向山黃村詩集

厭讀詩人憤激詞宗劉心事到今疑却思吟面秋同瘦

蕭寺夕陽黃葉時西岡控訴院長宜軒己丑十一月春濤先生葬日始見君于經王寺

讀秋卿三橋新柳一絕次均寄

亭館無塵靜似村詩中有畫水渾渾漁洋一派淵源遠

遠向輞川承法門

別旭川

從公北海夜還晨案牘成堆略等身銅鏡證來霜樣鬢

柴門安著雪中人飢鴉凍雀仍吟侶肥馬輕兵是寵臣（予蓩卒爲豫備騎兵）更向遼東共馳騁官情詩境一般新

丁巳五月二日入遼陽官舍舍僕于喜泉者峨嵋庄人久仕駐劄軍醫部長迨予五代戲賦

我亦堂前王謝賓（鄰屋即師團長官舍）嘀泥愛汝尚翻身尋常百姓面應似舊燕却疑新主人（前部長皆風采堂堂）

游千山（在鞍山站東四里稱遼東第一名山）

萬壑千巖應接難祇將絕叫答奇觀今游却惹曾游興耶馬寒溪打一丸

枉擬桃源眼底開香巖寺角暮徘徊武陵不是漁郎路

偏被梨花勾引來東道者誤路滿山梨花盛開

方帽圓顱俱往還一重壁是一重關東來紫氣西來意

幻在煙雲縹緲山寺觀有老子釋氏兩宗

妙舌賺人香火緣不知銅臭是何禪前身便合河間女

功德牌傍巧數錢

戟樣千山眸裏鍾無量觀是大提封借名黑子彈丸地

一笑龍泉猶附庸

危樓鐘挂似魚窺傑閣松欹荇藻疑仰看千山樓閣影

倒從絕底透明漪歸途仰望無量觀更感絕景作

遼陽雜詩五首

往事如流水漢唐誰記年亂山圍故國白塔拄青天佛
笑看兵刧雲飈似篆煙西望憑弔處叢樹橘香傳首山橘中佐戰歿處
山河當絃誦諸子尚諸生荒堡懷酣戰孤邱抵鬱城土
花鞋底血草木眼中兵寄語英年者應期靑史名陸軍大學生以戰蹟
見學來
廢飲復開尊宛陵工吐吞我同坡老疾願聽子由言酒
琖當茶琖詩魂謝醉魂微軀須愛惜此旨抵溫敦止酒
衆愚如蔓草惡竹亦檀欒別調仍邪徑創型是異端雕
蟲稱佛易說法賺人難飛錫堪開悟宗風隨處殘法主某來
風儀厭南滿鐵面任西鄰撲我堂前棗看他梁上人誰

傾杜陵淚自傲綺羅身何暇嗤其婦獠奴稱士紳即目嘆作

內子書來戲賦寄

別來纔看月重圓莫算一春爲十年遠戍却催皇士想

遼陽仍是古朝鮮唐人句十年征戍憶遼陽箕子所都恐是遼陽附近

旅順作

白雲容與夕陽新無數人閒玉碎塵二百山前苦懷舊

十三年後倍傷神惟看高塔摩遙漢莫使積骸同束薪

壕底忠魂偏壹鬱怕他陰雨變迷燐

醉魂如夢雨聲來和入寒潮捲暮哀萬骨應甘成一將

黃金祇許築高臺耳邊礮火雷光轉鍾裏蒲桃血色猜

未信強鄰重啓釁綢繆牖戶莫輕開

眼中虜勢太馮陵松樹山邊殺氣騰怒髮冠衝斫槍壘
戰袍血迸映篝燈活人我也揮腰劍入定君能嫓聖僧
打破關頭生死處將軍永剩白綾稱與中村都督話舊

空有盛名振九衢飄蓬憐此蹈窮途妻孥百口風塵迫
歌哭幾篇聲響孤燕雀從教噪門館王孫唯合釆蘼蕪
人心自古工翻覆待見高明辨紫朱

鐵嶺絕句

美人天氣冶春游楊柳亭臺歌管樓萬里金城脂粉水
誰知疏到古銀州本地妓多自名古屋來鐵嶺遼代銀州

誰家郎作路人蕭擲盡黃金那處銷老杜詩中賣珠者
放翁曲裏海棠妖

久旱

久旱瀋陽路望天嘆薄恩高粱猶寸草沃土倏荒原長
官令防穀豪霖懷覆盆愁看夕暉赫我也黯無言
天子歔欷淚淋浪成雨濡孤臣尊骨鯁新法釀憂虞今
睹遼東野將開鄭俠圖傷來懷舊史烈日爍桑榆

七月三日遼陽官舍作

盛事傳來隨曉鐘重看幼帝整威容前朝宮闕留雙鳳
一夜風雲變六龍星宿臣僚共環拱珮珂溝水兩潺淙

黔黎欲皷昇平腹轉與友邦祈辟廱

我聞復辟費尋思墓道俱傷綠草滋乃祖詞翰喧藝苑

先醇親王適園有梅亭遺興圖老臣涕淚溢書帷謂陸潤庠梅花夜月巡檐處鐙火秋

風侍讀時泉壤即今應瞑目黃袍龍種御楓墀

苦望霖雨繫安危社稷等閒民視之寵辱轉旋燈走馬

輸贏顛倒局爭棋到頭牛李歸蠻觸蔦地關張揮羽麾

不道蛟龍重得水眼前禾黍哭衰萎時方久旱

柳樹屯作

泥窪東去小仙寰猶想中堂此解顏柳樹滿屯開綠野

樓船當日壓青山熱官却避熏天燄健卒還呼銷夏灣

臥榻鼾聲泉下恨旭旌高挂亂潮閒李少荃在天津時乘艦來此地避暑今之我步兵營本部即其墅云

鐵嶺車中即矚

急雨欲來驅冷颸高麗遺蹟畫圖疑塔猶龍爪山龍首
愛看玄雲潑墨時龍首山上有高麗塔

公主嶺客館謔贈

盤礴看他豪興加燈圓酒釅畫簾遮盡言邊塞荒涼地
却拗京華窈窕花好夢回時香滿袖浮雲遠處客忘家
我懷公主憐埋玉喬木殘陵啼宿鴉北方一里有公主陵

十月十五日奉天作

華堂客醉酒池舟轉不堪多噲等儔横槊人留騷士韻

眼中唯有許蘭洲
漫擬祖龍還一時副車誤中事仍奇自家貌現婦人面
却被子房揮鐵椎
公莫渡河河有波波瀾平地變矛戈將軍唯道風霜苦
巧學飛鴻避弋羅

上田丹厓在大連報北上途中過訪久而未來一
絶寄之
要看琅玕潑墨開出門惆悵蹈蒼苔蘇家偏遲文同老
竹裏風疑屐響來

戊午四月一日作

波濤與汝廿年親此日收帆稱散臣官渡阻來風有力冠纓拂得夢無塵京華乍中鶯花酒憂患却乖文字人敢忘杖錢依廩祿天恩欲賦度濃春

新年作

厭趁輪蹄滾滾塵朝衣欲著復橫陳屠蘇眞有疎慵味廿五年來這次春

送羅振玉翁還上海

愁看平地起波濤却使好風吹舊袍藥草神山挑未了惜君萬里理歸舠（時上海有動亂）

庚申歲日退朝作

舊業欲重理改春松竹靑醫期小門戸禮趁大朝廷恩
澤御溝水君臣良藥瓶來辰運刀匕應憶寶鑪馨

年首又作

隔世恨吾非弟昆眞詩深契性情尊酡顏遠捧歲頭酒
酹向蜀山懷老猿

礒秋卿見餽記念菓碧雲道謝一絕

老饞自笑滿盤空情與先賢髣髴通倘擬渭川千畝竹
碧雲萬片在胸中

伊香保澡浴十日歸來未一週乍有大火報口占

二十八字

歸來身墮大塵寰夢向遙天猶往還始信都門非火宅
祝融燼煞好靑山

秋卿讀歸來身墮一首賦三絶見寄次韻却寄

勢焰當年散似煙紅衣步步印金蓮山靈也自有情火
笑看英雄兒女緣當時某侯在木暮別墅免災云
我欲劉郎今又來劫餘葵麥擁荒臺卅年應補玄都志
火後重期梨棗災謂大槻文彥翁
枕雲樓閣倚雲開憶得先生酒夢回三十六年如電火
壁間妙句亦殘灰槐南先生有香山題壁數首

酉年吉旦作

偏認吽啼爲欠伸藝林笑話入鷄新先生閒却治聾酒
仍是當年聽雨人（杉樞密昨歲歿）

送柚木玉邨游支那

破墨應同著色奇大江南北看山時將軍妙處營邱訣
併入君家筆一枝
游後廿年今送君前朝文物夢紛紛東方王氣誰移得
好使燕雲化紫雲

隨鷗吟社大會次韻作

情懷未覺老來殘詩酒秋風盟敢寒醉墨灑成鷗鷺雨
大江一笑賦豪歡（戊午）

憶得故江鱸味香此臺今日抵望鄉北鴻却愛鷗盟好
仍在南中隨夕陽 己未

黃鶴白雲望裏空高樓今對落陽紅題詩崔顥還仙去
恨在晴川歷歷中 庚申二首

憶得漁歌唱和年佐山四十九程船惜君早避金銀氣
天上悠游麋鹿前

壬戌歲朝作

宸題灼爍仰晨曦敵愾蒼生頤幾支蔽海艨艟紛鐵火
稜威要睹照波時

小杏數株誰是栽未成林處笑徘徊春回更喜新松竹

門戸憑君開大來

次礒秋卿福壽草韵

簾底迎新旭金葩盆裏明南山併東海寸草領嘉名椒酒香吹座柴門客祝正拈君先鬪句懷抱別般淸

莊盔堂看山不下樓寄題詩以樓名爲韵

觀音寺畔托身安閒弄流輝憑曲欄七寶山頭一輪月眞爲七寶合成看（君知月乃七寶合成乎云云見于酉陽雜俎）

象頭五劍好孱顏興在吸靑餐碧間漁火晩來如燧火隔洋微辨豫州山

傍佛何須揮白拂養閒賴有杯中物醉餘攤卷復焚香

冠履晨昏俱不不

高樓凭月消清夜緬想瑤池宴方罷驀地滿山松籟幽群仙彷彿彈琴下

不獨梅花東郭游憐山愛月絕風流前身何遜君應是我豈三生趙倚樓（趙瑕詩郎官何遜最風流愛月憐山不下樓）

秋卿又寄水仙花一律即次均

淩雪未知生有涯仙姿綽約太堪嘉永依屈子清冷水將喚楚人思慕花（屈原趁清冷水楚人思慕不止名曰水仙）遺世風神想陶叟（陶峴三舟吳越人號之曰水仙）絕塵筆墨屬王家（元人王廸簡巧描水仙花）詠君點鬼還顰蹙素面從教翠袂遮

奠江木俊敬大人靈

崇祀森嚴九段岡忠魂髣髴下穹蒼曝屍寒月何酸鼻
回首阿山眞斷腸一劍君恩甘一死三人文武奉三忘
各成家國千秋業姓字乃翁逾有光（主爾忘家國爾忘身公爾忘私大人訓三子語）

名古屋八勝詩名古屋每日新聞社屬

當年快事笑談新爀灼射城春旭晨破浪乘風三萬里
于今碧眼說金鱗（金城朝陽）
覺王山畔轉氷輪禮佛賞秋還有因遍照光明十方界
如來與月固同身（東山秋月）
園林風冷愛微醺快雪霽時裙屐群笑向仙禽先一揖

本來地主是夫君鶴舞晴雲
何人懷古捻吟髭靉靆滿村煙雨時應傚靑蓮黃鶴例
森髯在上莫題詩中村煙雨
鄉心爭趁落暉飛七里海潮紛撲衣舟子有情回棹早
送人夫婿一帆歸名港歸帆明人詩鐵橛長橋七千里送人夫婿早歸鄉
愚禿親鸞亦足豪嬉春兒女尙焚膏寶甍却在綺霞上
佛德惟言天樣高別院春霞
游屐擬他雲水僧淸天淨地啓心燈梵魚響絕華鯨吼
吞海峰頭月始昇八事晚鐘
倦翼歸時暮靄遮撐空祠樹是君家也知神德霑微類

不學巴陵無賴鴉 熱田神鴉岳陽風土記記巴陵惡鴉之事

唐陽山人詩鈔卷六

大正十二年十月十五日印刷同月廿日發行著
者兼發行者東京市外中澁谷三七七番地東京
府平民横川德郎 印刷者 靜岡縣濱松市松城
一三一ノ八番地中村修二 印刷所 靜岡縣濱
松市松城 一三一ノ八番地 株式會社 開明堂

解題

佐藤裕亮

『唐陽山人詩鈔』解題

上・下二冊、六巻、縦二三・七㎝×横五・三㎝。横川徳郎著、大正一二年一〇月一五日印刷、一〇月二〇日発行、著者兼発行者・東京市外中渋谷三七七番地東京府平民横川徳郎、印刷所・静岡県浜松市松城一三一ノ八番地 株式会社開明堂。横川端氏所蔵。

明治・大正期の漢詩人で陸軍の軍医を務めた横川唐陽（徳郎）の詩集。第一冊には巻一（一六丁、今体詩一〇三首）、巻二（一五丁、古今体詩九三首）、巻三（二五丁、古今体詩一五六首）を、第二冊には巻四（一七丁、古今体詩一〇九首）、巻五（二八丁、古今体詩一八四首）、巻六（二一丁、今体詩一四六首）を収める。陸軍退役後、横川徳郎（唐陽）は渋谷で医院を開業したが火災に遭い多くの家財を失い、のち、友人たちの協力を得て、遺された詩稿をもとに『唐陽山人詩鈔』を編んだ。唐陽にはすでに『游燕今體』（一一丁、明治三五年刊）、『論俳絶句』（九丁、明治四四年刊）、『揖五山館集』（一八丁、大正五年刊）、『北海泛宅集』（一四丁、刊行年不詳）などの詩集があり、詩誌や雑誌・新聞の漢詩欄などに掲載された作品も多く、これらの作品が詩鈔の編纂に基礎を与えたものとみられる。

『唐陽山人詩鈔』研究序説――序の訳注と考察

明治・大正期の漢詩人にして陸軍の軍医であった横川唐陽。その事績については『明治漢詩文集』所収の略歴や、藤川正数『森鷗外と漢詩』『讃岐にゆかりのある漢詩文』に収められた論考の一部に言及がみられるものの、伝記資料の少なさから長く不十分な段階に留め置かれていた。そのような状況の中で、筆者は、縁あって横川唐陽の調査・研究を進め、二〇一六年、論創社より『鷗外の漢詩と軍医・横川唐陽』を上梓した。本書は、唐陽の前半生を主な対象として、明治初頭の教育制度や明治陸軍の軍医制度、日露戦争や森鷗外との関係に注目しつつ唐陽の事績について論究しているが、残された課題もまた多い。とりわけ『唐陽山人詩鈔』に代表される唐陽の漢詩集や、そこに収録された作品の鑑賞・研究は、彼の文学史上における位置を確認する上で欠かせない。

横川唐陽（徳郎）は慶応三（一八六八）年に諏訪神戸村に生まれた。のちに上京し、千葉の第一高等中学校医学部に学びつつ、森槐南やその門下、野口寧斎や落合東郭、森川竹磎といった同世代の詩人たちと交わり、漢詩人としての素地を養っていく。医学部卒業後は陸軍の軍医となり日清戦争に従軍。任地の台湾で森鷗外と語らい、以後、漢詩を通じた文学的交友は鷗外の晩年まで続いた。その後唐陽は、軍医として明治三陸地震に伴う災害派遣、義和団事件の際に行われた清国出兵、日露戦争などを経験し、東京・豊橋・名古屋・浜松・善通寺・旭川と異動のたびに住まいを転々とする生活の中で漢詩をよみ続け、『游燕今體』『論俳絶句』『揖五山館集』などの詩集を刊行している。大正七（一九一八）年に一等軍医正をもって予備役となり、東京で医院を開業。大正一一（一九二二）年に火災に遭い家財を失うが、友人たちの助力を得て詩稿をまとめ『唐陽山人詩鈔』を刊行、昭和四（一九二九）年に六三歳で亡くなっている。

唐陽の伝記を記すにあたり、基礎をあたえた資料が『唐陽山人詩鈔』に収録されたふたつの「序」であった。高嶋九峰と磯野秋渚によって記されたこの文章は、漢詩人としての横川唐陽の相貌を、同時代の近しい他者の視点から過不足なく伝えたものとして、大きな意味をもっている。そこで本稿では「序」の訳注を示し、江湖の批正を仰ぎ、今後の横川唐陽研究の礎としたいと考えている。

※語釈中に掲げた参考文献については、原則としてタイトル名と当該章題ないし頁数を記し、他の書誌情報については本稿末の「参考文献」に示した。また、本稿ならびに拙著『鷗外の漢詩と軍医・横川唐陽』では、軍歴を調査するにあたり、防衛庁防衛研究所史料閲覧室所蔵『陸軍現役将校同相当官実役停年名簿』を基本史料として使用しているが、その記載内容については、「停年名簿にみる横川徳郎の軍歴」（二八三頁〜）として整理し、本稿語釈中には『停年名簿（調査年月）』の形式で注記した。

高嶋九峰撰『唐陽山人詩鈔』序

序

唐陽横川君、以医官在陸軍二十四年。従日清日露両役、又就任東中二京南海北海。諸処戍役、北京・天津・台湾・遼陽等、皆有功績。就中、日露之役在第一師団、以衛生隊医長、出入生死之際、能完其職責。其隊受感状。君功居多云。

君公余学詩于槐南詞宗、刻苦砥礪、与寧斎・霞庵・東郭諸子、為所謂雪門翹楚。故官迹到処、吟詠太富、所得詩長短一千余篇、何其盛也。

近歳退現役、住東京渋谷街、専業医。

序

唐陽横川君、医官を以て陸軍に在ること二十四年。日清・日露の両役に従い、又た東中二京・南海・北海に就任す。諸処の戍役、北京・天津・台湾・遼陽等にて、皆功績有り。就中、日露の役には第一師団に在り、衛生隊医長を以て、生死の際に出入し、能く其の職責を完《まっと》うす。其の隊感状を受く。君の功多きに居ると云う。

君は公余に詩を槐南の詞宗に学び、刻苦砥礪し、寧斎・霞庵・東郭の諸子とともに、いわゆる雪門の翹楚と為る。故に官迹の至る処、吟詠太だ富か、得る所の詩は長短一千余篇、何ぞ其れ盛なるや。

近歳現役を退き、東京渋谷街に住み、専ら医を業とす。前日、近隣失火して延焼し、君宅の典籍・書画皆な烏有に帰

前日近鄰失火延焼、君宅典籍書画皆帰烏有。君嘆惜不措。頃来訪予廬曰、平生所作稿本、幸免祝融之害、友人為吾欲鈔而刻之。請一言題其首。

予観君詩、巧而不繊、清而能腴、得蘇長公雋味。其才華魄力、寔足与康乾諸豪相匹敵。

鷗外森博士、為君上司、常服君詩、毎一吟成、就君求益、呼以先生。嗚呼君之於詩亦可称国手矣哉。

大正壬戌孟冬、書于城北青原草廬九峰高嶋張、時年七十七。

す。君嘆き惜むも措かず。頃くして、予の廬に来訪して曰く、「平生の作る所の稿本、幸にして祝融の害を免れ、友人吾が為に鈔して之を刻さんと欲す。一言を其の首に題せんことを請う」と。

予、君の詩を観るに、巧にして繊ならず、清にして能く腴《こ》え、蘇長公の雋味を得る。その才華魄力、寔に康乾諸豪と相匹敵するに足る。

鷗外森博士、君の上司たるも、常に君の詩に服し、一吟成る毎に、君に就きて益を求め、呼ぶに先生を以てす。嗚呼、君の詩に於いても、また国手と称すべきかな。

大正壬戌孟冬、城北青原草廬に書す。九峰高嶋張、時に年七十七。

［訳］

序

横川唐陽君は、医官として陸軍に二四年間勤務した。日清戦争・日露戦争に従軍し、また東中二京のほか南海・北海で任務に就いた。諸処の戦役では北京や天津、台湾、遼陽などにおいて、それぞれ功績を残している。なかんずく、日露戦争中には第一師団衛生隊医長として死線をくぐり、その職責を全うした。衛生隊は戦後「感状」を受けたが、唐陽の功績は大きい。

君は公務の余暇に漢詩を森槐南に学び、苦労を重ねつつ詩作の腕を磨き、野口寧斎や関沢霞庵、落合東郭らとともに、雪門会の中でも抜きん出た才能として知られるようになった。それゆえに、任地の先々における吟詠は、はなはだ豊かなものがある。作り得たところの長短の詩一千余篇の、なんと盛んであることよ。

近年、現役を退いた君は、東京は渋谷に住み専業医となった。先日、近隣で火災があり延焼し、君宅の典籍や書画はみな灰燼に帰した。君はこれを嘆き惜しんだが（焼け残りを）廃棄しようとはしなかった。しばらくして君が私の庵を訪ねていうには「日頃作っているところの稿本は、幸いにして火災の禍を免れることができた。友人たちは私のために、（稿本より詩を）写して版刻しようと考えている。どうかあなたの一言を、その巻首に書き記してはくれまいか」と。

私が君の詩を観賞するに、その詩は巧であって痩せ細っておらず、澄んでいてよく肥えており、蘇東坡のような味わいを備えている。その優れた才能や識見は、清代最盛期（康乾盛世）の優れた詩人たちに匹敵するというに足るものである。

森鷗外博士は、陸軍における君の上司であったが、常日頃より君の詩に感心し、詩をつくるたびに君に教示を求め「先生」と呼んでいた。ああ、君は詩においても名医（名手）と称えられるべきだなあ。
大正一一（一九二二）年の冬、城北青原の草庵において書す。九峰高嶋張、時に七七歳。

［語釈］
日露：唐陽が第一師団衛生隊医長として日露戦争に従軍したことは『明治三十七八年戦役陸軍衛生史』や軍医たちの遺した手記などからも確認できる。【参考文献】日露戦争中の横川唐陽については、拙著『鷗外の漢詩と軍医・横川唐陽』第三章「日露戦争における横川唐陽」を参照。なお『明治三十七八年戦役陸軍衛生史』等の編纂の元になったと思われる書類綴が、現在、陸上自衛隊三宿駐屯地にある医学情報史料室「彰古館」に所蔵されており、今後の研究が俟たれる。
東中二京：東京と中京（名古屋）。『停年名簿（明治二八年七月調～明治三一年七月調）』によれば、唐陽は台湾からの帰還後しばらくの間は、東京衛戌病院附として勤務し、歩兵第三連隊附に転じ、明治三二（一八九九）年頃からは豊橋の歩兵第十八連隊附として勤務している。また奉天会戦後の明治三八（一九〇五）年の夏からは、名古屋予備病院に勤務した（拙著『鷗外の漢詩と軍医・横川唐陽』第三章「日露戦争における横川唐陽」一七七頁）。日露戦争後に刊行された『停年名簿（明治三九年七月調）』にも騎兵第三連隊附・名古屋予備病院附兼勤とあることから、この時期唐陽が名古屋にいたことが確認できる。現在、文京区立森鷗外記念館に所蔵される唐陽から鷗外へ宛てた葉書のうち日露戦争前後のものとして、①はがき 横川徳郎筆 鷗外宛（明治三五年一〇月一四日）登録番号：505423-01-001, 002 ②はがき 横川徳郎筆 鷗外宛（明治三九年八月八日）登録番号：505424-01-001, 002 があるが、①の差出人住所は「麴町区三番町九番地」、②は「名古屋杉之町」であり『停年名簿』の記載と一致する。
南海：八道（東海道・東山道・北陸道・山陰道・山陽道・南海道・西海道・北海道）のうちの一、南海道。
ここでは、唐陽が一時期、第十一師団善通寺衛戍病院長の任にあったことをいう。唐陽が善通寺衛戍病院長であったことは『停年名簿（明治四五年七月調）』にもみえるが、大野広一『日本防衛史と第十一師団の歴史』によれば、唐陽は、瀬川良太郎の後任として明治四四（一九一一）年一月二五日、善通寺衛戍病院長に補任、大正四（一九一五）年一二月二三日に旭川の第七師団軍医部長として転出したことが確認できる。【参考文献】善通寺時代の横川唐陽については、藤川正数『讃岐にゆかりのある漢詩文』がこの時期の漢詩作品を紹介しており参考になる。他に、拙著『鷗外の漢詩と軍医・横川唐陽』終章「唐陽の足跡を辿って」にも言及あり。
北海：八道のうちの一、北海道。奈良時代以来の七道に、北海道が加えられたのは明治時代に入ってからのことである。ここでは、唐陽が大正四（一九一五）年から大正五（一九一六）年までの間、第七師団（旭川）軍医部長の任にあったことをいう。なお内山公正『我が祖父 横川唐陽』に、明治三〇（一八九七）年一月の二等軍医進級後のある時期に、第七師団軍医部員として札幌に渡ったという指摘もあるが『停年名簿』では確認できない。

諸処：各所。

北京：義和団事件（北清事変）と、その後の北京駐屯のことを指す。『停年名簿（明治三四年七月調）』によれば唐陽は、歩兵第十八連隊付のまま清国駐屯軍第一野戦病院付として出征している。

遼陽：遼陽は中国の遼寧省、瀋陽の南西にある都市で、東北地方の政治・軍事上の要地として知られる。

第一師団：日露戦争では、第十一師団とともに日本陸軍第三軍の主力を構成し、旅順攻囲戦に参加。

感状：近代日本の感状は、明治三七（一九〇四）年三月一日に制定された「陸海軍感状授与規程」にはじまる。唐陽が日露戦争中に受けた感状は、奉天会戦当時、彼が医長を務めていた第一師団衛生隊が受けた部隊感状であった。【参考文献】感状については、『日本陸海軍総合事典』第二版「感状」（七一五頁）の項を、奉天会戦における唐陽と第一師団衛生隊の事績については、拙著『鷗外の漢詩と軍医・横川唐陽』第三章「日露戦争における横川唐陽」を参照。

槐南：森槐南。文久三～明治四四（一八六三～一九一一）年。明治時代の漢詩人。名古屋の人、森春濤の末子。一四歳のとき父に従って上京。鷲津毅堂、三島中洲らに就いて漢学を修める。明治一四（一八八一）年太政官に出仕、以降諸官を歴任し、晩年には東京帝大文科講師を兼ね、明治四四（一九一一）年に文学博士となる。伊藤博文の信頼を受け、終始その後援を受けていたことでも知られ、明治四二（一九〇九）年に伊藤がハルビンで暗殺された際、随行していた槐南も、ともに銃創を負っている。【参考文献】略歴については『明治漢詩文集』（四二二頁）にみえ、『日本漢文学大事典』（六五九頁）『新潮日本文学辞典』（増補改訂版、一二五〇～一二五一頁）にも立項されている。竹林貫一『漢学者伝記集成』一二九一頁、三浦叶『明治漢文学史』六五～六七頁、横須賀司久『漢詩人列伝』二二一～二二五頁等にも記載があり、彼の事績や詩風、研究に言及する論考も多い。

寧斎：野口寧斎。慶応三～明治三八（一八六七～一九〇五）年。名は弌、肥前諫早の人。父の野口松陽も漢詩をよくし、森春濤らとの親交があった。父の死後、哲学館で学ぶかたわら、漢詩を森春濤・森槐南父子に学び、明治二三（一八九〇）年、森春濤らが星社を組織するとこれに参加、槐南門下の有力者として頭角をあらわした。寧斎の漢詩人としての声価は高く、漢詩の添削を頼むものが多くにのぼったため、寧斎は、明治三六（一九〇三）年一月、詩誌『百華欄』を創刊、自らその編集にあたった。著に『出門小草』『三体詩評釈』『寧斎詩話』『征露宣戦歌』などがある。【参考文献】略歴については『明治漢詩文集』（四二四～四二五頁）にみえ、『日本漢文学大事典』（五二九～五三〇頁）、『新潮日本文学辞典』（増補改訂版、九七八頁）にも立項されている。野口寧斎の生涯と文業に関する研究として、合山林太郎『幕末・明治期における日本漢詩文の研究』第四部「野口寧斎の生涯と文学」がある。

霞庵：関澤霞庵。嘉永七年～大正一四（一八五四～一九二五）年。羽後岩崎の人、旧岩崎藩士。廃藩後東京に移住して友人と夢草吟社を結んで切磋琢磨し、明治一六～一七（一八八三～一八八四）年頃には晩翠吟社（明治一一年結成）に入り、大沼枕山、向山黄村らの删正を受けたが、しだいに槐南派に傾倒、明治二三（一八九〇）年には星社に参じ、明治三〇（一八九七）年には自ら雪門会を主催。明治四一（一九〇八）年三月に槐南が隨鷗吟社の首盟となると補助担当客員となり、のち常務主事として後進の指導にあたった。著作に『詩学金鍼』『霞庵詩鈔』がある。【参考文献】略歴については『明治漢詩文集』（四二六～四二七頁）を、隨鷗吟社については、山辺進「隨鷗吟社の創立に就いて」を参照。

東郭：落合東郭。慶応二～昭和一七（一八六六～一九四二）年。名は為誠、肥後熊本の人。元田東野の外孫。はじめ宮内庁に出仕したが熊本へ戻り、五高、七高教授を歴任。明治四三（一九一〇）年、ふたたび上京し、大正天皇の侍従となり、天皇崩御後は図書寮で伝記を執筆。漢詩人としては森槐南に師事、清の王漁洋の詩風に学び、当代第一の名があったといわれている。昭和一一（一九三六）年、再び熊本へと戻り遠風吟社を設立、門下を育成。著に『燕帰草堂詩鈔』などがある。【参考文献】略歴については『明治漢詩文集』（四二六頁）を参照。このほか、二宮俊博『明治の漢詩人中野逍遙とその周辺』Ⅷ「落合東郭のこと」に比較的まとまった言及がある。

雪門：関沢霞庵の創立した漢詩結社「雪門会」のこと。【参考文献】三浦叶『明治漢文学史』（六四頁）に言及あり。

翹楚：衆にすぐれたもの。

吟詠：詩歌を口ずさむ、詩歌を作ること。
烏有：「いずくんぞ有らんや」という反語で、全くない、何もありはしないという意味。転じて火災に遭って家財を失うことをいう。
祝融：火・夏・南を司る神で顓頊の孫（一説には子）。「祝融の害」とは火事のことをいう。【参考】『淮南子』巻五、時則訓「赤帝、祝融之所司者万二千里（赤帝、祝融の司る所は万二千里）」の注に「赤帝、炎帝少典之子、号為神農、南方火徳之帝也。祝融、顓頊之孫、老童之子呉回也。一名黎、為高辛氏火正、号為祝融、死為火神也（赤帝、炎帝少典の子、号けて神農と為す、南方火徳の帝なり。祝融、顓頊の孫、老童の子呉回なり。一名に黎、高辛氏の火正と為り、号けて祝融と為す、死して火神と為るなり）」。
腴：つややかで美しいさま。美しい文章のことを「腴辞」という。
蘇長公：蘇軾（蘇東坡）のこと。蘇軾は北宋期の文人・政治家で唐宋八大家の一人として知られる。
陸游と並んで宋詩を代表する詩人として知られ、江戸末期～明治期の漢詩壇を代表する、小野湖山・岡本黄石・大沼枕山らはいずれも宋詩を重んじた。
雋味：深長であるさま。意味などに深み・含みがあり、味わいがあること。
才華魄力：「才華」は華やかに、外にあらわれた才智のことを、「魄力」は、胆力と識見とを備えた果断な作風をいう。
康乾：康乾盛世。中国清の最盛期であった第四代康熙帝・代五代雍正帝・第六代乾隆帝の治世のことを指す。明治期の漢詩壇において清詩はたいへんな流行をみせていた。森春濤・森槐南父子や本田種竹らは、いずれも明治期の詩壇にあって清詩を鼓吹し、槐南門下の野口寧斎もまた清人の詩集を蒐集、「清詩萬巻樓」と名付けて『百花欄』にその書目を掲載している。【参考文献】明治期における清詩の流行については、神田喜一郎「日本における清詩の流行」（『神田喜一郎全集』八）に言及がある。

匹敵：実力が互いにつりあっているさま。

鷗外森博士：森鷗外（林太郎）のこと。唐陽と鷗外との間に漢詩を通じた文学的交遊があったことは、九峰の序に特筆されていることからもうかがえる。【参考文献】陸軍軍医としての鷗外の経歴については、『日本陸海軍総合事典』第二版「森林太郎」（一五九頁）の項に、簡潔にまとめられている。森鷗外と横川唐陽との関係については、藤川正数『森鷗外と漢詩』第四章五節「横川唐陽」、拙著『鷗外の漢詩と軍医・横川唐陽』を参照。

高嶋張（九峰）：弘化三～昭和二（一八四六～一九二七）年、名は張輔、長門萩の人。明治・大正期の地質学者にして日本画家として知られた高嶋北海の兄。宮内省図書御用掛をつとめた。漢詩人としては、森槐南を盟主とする隨鷗吟社の客員として活躍、『大正詩文』にも投稿している。詩集に『九峰詩鈔』がある。【参考文献】略歴については『明治漢詩文集』（四一九頁）を参照。また、井関九郎『近世防長人物誌』地（二二六～二二七頁）にも項目が立てられている。

磯野惟秋撰『唐陽山人詩鈔』序

壬戌之秋、吾友唐陽山人、遭災図籍家具蕩然帰烏有。一筐独存于燼余、即多年所作詩稿也。不亦天幸乎。山人忻然整理旧稿。釐為若干巻。友人捐資刊之。

山人問詩槐南森氏、出入唐宋諸家、所崇奉不専一家、去卑而就高、避縟而趨潔。澄汰衆慮、清思眑冥、松寒水浄、不可近睨。其懐古攬勝之作。己横鶩別駆、清峭奇麗、使人不可擬議。

今此一集、固生平心血所注一字一句、皆惨憺経営而成、其流播于世可知也

壬戌の秋、吾が友唐陽山人、災に遭い図籍家具蕩然として烏有に帰す。一筐独り燼余に存す、即ち多年作る所の詩稿なり。亦た天幸ならずや。山人忻然として旧稿を整理し、釐めて若干巻と為す。友人、資を捐てて之を刊す。

山人は詩を槐南森氏に問い、唐宋諸家に出入し、崇奉する所一家を専らとせず、卑を去りて高に就き、縟を避けて潔に趨《おもむ》く。衆慮を澄汰し、清思眑冥にして、松寒水浄なること、近睨すべからず。其の懐古攬勝の作、己の横鶩別駆、清峭奇麗にして、人をして擬議すべからず。

今此の一集、固より生平心血を注ぐ所の一字一句にして、皆惨憺経営して成る、其れ世に流播して知らるるべきのみ。嗚呼、詩賦文章の伝不伝、蓋し亦た数有り。祝融氏の暴と雖も、其れ吾が唐陽を如何せん。

唐陽一言を徴む。乃ち此に書し、以て巻耑に弁ず。是歳
十一月、古敢磯野惟秋撰す。

己。
嗚呼、詩賦文章伝不伝、蓋亦有数焉。
雖祝融氏之暴、其如吾唐陽何。
唐陽徴一言。乃書此以弁巻耑。是歳
十一月、古敢磯野惟秋撰。

［訳］

大正一一年の秋、私の友人である唐陽山人は、災いに遭いその書籍家具を失った。焼けあとに一つの箱が残された。それは、長年にわたり作り続けた詩稿であった。なんという天の幸いであろうか。唐陽山人は喜び旧稿を整理してみるといくらかの巻になったので、友人たちは資を出し合ってこれを刊行した。

山人は詩を森槐南にたずねて、唐宋期の詩人たちの詩風に触れ、一人の詩人を崇奉することはなく、卑俗なものを遠ざけて高潔なものに親近し、繁縟なものを避け廉潔なものを目指した。考えを尽くして良きものを汲み、心を研ぎ澄ませることは幽静にして玄妙、それはさながら冬の松や清らかな水のようで、なかなか見ることのできないものである。その懐古攬勝の作品、（その背景にある）自らの駆け巡った日々は、清く抜きんでて麗しく、他人によってあれこれと論議できるものではない。

この詩集は、もともと日頃より心血を注いだ一字一句であり、いずれもあれこれと思い悩み苦心して完成したものであって、世に伝えられ、知られるべきものである。

ああ、文章の伝・不伝には運命というものがあるようだ。祝融氏の暴とはいえど、いったい我らが唐陽をどうしようとするのか。

唐陽が一言を求めたので、これに応じて書し、書物の冒頭に冠した。この年一一月、古くからの友人、磯野惟秋撰す。

［語釈］

壬戌之秋：大正一一（一九二二）年。

烏有：火災に遭って家財を失うことをいう。高島九峰「序」の語釈をみよ。

蕩然：あとかたもないさま。

燼余：燃えのこり。

多年：久しい年月。

詩稿：詩の下書き、「詩草」のこと。

天幸：天の与えた幸運。

忻然：喜んでいる様子。

釐：文章や書物などを正しく修正して改めることを「釐正」という。【用例】孔穎達『毛詩正義』序に「先君宣父、釐正遺文、緝其精華、褫其煩重、上従周始、下暨魯僖、四百年間、六詩備矣（先君宣父、遺文を釐正して、其の精華を緝め、其の煩重を褫き、上は周の始め従り、下は魯の僖に暨ぶまで、四百年の間、六詩備われり）」とある。

出入：出たり入ったりすること。ここでは唐宋諸家の詩文に親しんだことをいう。

衆慮：多くの考え。ここでは考えを尽くすことの意にとった【考察】『文選』巻一七、論文、陸機「文賦」「罄澄心以凝思、眇衆慮而為言（澄心を罄《つく》し以て思ひを凝《こ》らし、衆慮を眇《はる》かにして言を為す）」つまり、心を研ぎ澄ませて思いをこらし、考えを尽くして言葉を作していくことをいう。陸機（字は士衡）は西晋時代の人、「文賦」は文学の創造とその過程を主題とした賦で、一種の文学理論を叙した作品として知られるものである。

澄汰：上澄みをとり、悪しきものをよりわけて除くこと。

清思眑冥：幽静で玄妙なさま。【考察】漢の高呈の宮人であった唐山夫人「安世房中歌」（『漢書』巻二二、礼楽志、『古詩源』巻二にも収載）中に「清思眑眑、経緯冥冥（清思眑眑にして、経緯冥冥たり）」とあるのを踏まえた表現か。「安世房中歌」は郊廟の祭祀に用いる雅楽で、ここでは、祀りののち（それにあずかった人々の心中に）清らかな思いが生じ、祭祀の理が天地の間に布き及ぼされるさまを詠んでいる。『漢書』師古注は「眑眑、幽静也」といい、冥冥については『荘子』在宥の「至道之精、杳杳冥冥（至道の精、杳杳冥冥たり）」等の用例がみえ、この例では至道が暗く奥深いものであることを述べている。
懐古：昔を思い起こすこと。
攬勝：景勝地を遊覧すること。
横騖別驅：「横騖」とは、ほしいままに駆けめぐることをいう。『新唐書』韓愈伝の賛に「横騖別驅、汪洋大肆（横騖別驅し、汪洋の肆ねること大なり）」とあるのを踏まえた表現か。
清峭：清く抜きんでているさま。
奇麗：すぐれて麗しいさま。
擬議：論議すること。
生平：普段。
心血：全精神・全肉体のすべて。
惨憺：あれこれと思い悩み苦心するさま。
経営：苦心して仕事に努めること。
流播：伝わり広まること。広くゆきわたること。
数：めぐりあわせ、運命。
巻耑：書物の書き始め。

古敢：古いよしみ、旧交。

磯野惟秋（秋渚）：文久二年～昭和八（一八六二～一九三三）年、明治～昭和初期の書家、漢詩人。伊賀上野の人。字は秋卿、通称於菟介。秋渚と号した。一〇歳で藩校に入り、藩儒の町井台水について学ぶ。関西詩社の中心として活躍した。【参考文献】略歴については『明治漢詩文集』（四二七頁）に記述があり、『日本漢文学大事典』（三〇頁）にも立項されている。大阪朝日新聞の記者であった関係から『朝日新聞社史』にもその名がみえるほか、水原渭江「磯野秋渚の文藝」（『近代上方における中国文学』上）、斎田作楽「磯野秋渚略年譜・兼著作目録（未定稿）」（『なには草―浪華詩話―』）などに秋渚の事績と文業が紹介されている。

「序」に記された唐陽の事績は、彼の生涯のごく一部にすぎない。けれども漢詩人としての横川唐陽の個性や、詩鈔刊行前の状況をうかがう上で多くの手がかりを遺してくれている。

高嶋九峰は「序」の冒頭で「唐陽横川君、医官を以て陸軍に在ること二十四年」と述べて、彼が軍医横川徳郎として長く陸軍に奉職したことを伝えている。日清戦争・北清事変・日露戦争に軍医として出征し、東京・豊橋・名古屋・浜松・善通寺・旭川など各地の師団や連隊所在地を転々とした唐陽の詩は、その時々の感慨や任地の風光をよみ込んでいる。九峰が「故に官迹の至る処、吟詠太だ富か」

と記しているように、唐陽が軍医として過ごした日々と、その時々によんだ作品は、そのまま詩人としての個性につながっている。

続いて九峰の「序」は唐陽の、詩人としての出自について、次のように記している。「君は公余に詩を槐南の詞宗に学び、刻苦砥礪し、寧斎・霞庵・東郭の諸子とともに、いわゆる雪門の翹楚と為る」と。諏訪に生まれた唐陽が、上京・遊学ののち、こと漢詩に関して大きな影響を受けたのは、森槐南とその周辺にいたほぼ同年代の詩人たちからであった。唐陽の上京・遊学の時期については、「将遊学東京、留別氷月吟社諸友」と題する唐陽の詩が『鷗夢新詩』第三五集に掲載されていることから、明治二一（一八八八）年頃のことであったと考えられる。その後、陸軍の軍医となるまでの間、医学の研鑽を積む傍ら、詩人たちとの交遊を深め、吟社に出入りし、自らの漢詩人としての基礎を固めていった。

九峰は「序」の中で、森槐南のほかに野口寧斎や関澤霞庵、落合東郭の名を挙げているが、この他に森川竹磎とも親しい間柄であったらしい。竹磎の事績については、萩原正樹「森川竹磎年譜稿」に詳しく、その年譜中には唐陽の名が散見される。若き日の竹磎と唐陽、さらには周囲にいた若き詩人たちの交遊と研鑽の軌跡も、今後、明らかにしていかなければならない課題であろう。

唐陽は大正七（一九一八）年、一等軍医正をもって退役し、まもなく渋谷で医院を開業する。しかし大正一一（一九二二）年、近隣から出火延焼し、彼の住居もまた焼け落ちてしまう。この事件が『唐陽山人詩鈔』を編む契機の一つとなったことは、二つの「序」がともにこの事に言及している点からも、容易に想像される。罹災後、唐陽は友人たちの物心両面の協力をえて、短期間のうちにこの詩集を完成させた。秋渚の「序」に「一筐の独り燼余に存す、即ち多年作る所の詩稿なり」とあるように、焼け跡に残された詩稿もあったのかもしれないが、すでに唐陽には『游燕今體』『論俳絶句』『揖五山館集』などの既刊の詩集もあり、その時々に雑誌や新聞に寄せ掲載された作品もあり、これらが『詩鈔』編纂の材料をあたえていたことは、想像に難くない。

このとき唐陽は、それまで収集を続け、座右において親しんできた多くの書物を失ったとみられるが、そのコレクションの姿をうかがう手だてがまったく残されていないわけではない。かつて筆者は明治大学中央図書館の「和田清博士旧蔵 漢籍コレクション」の中に、横川唐陽の蔵書印（その一部は落款として用いられていたものと思われる）を認め、「横川唐陽の蔵書印——和田清博士旧蔵『盛京通志』にみる」と題する報告をまとめたことがある。その後、鷗外文庫の実見を経て『鷗外の漢詩と軍医・横川唐陽』の付論として「横川唐陽の蔵書と蔵書印」を執筆し、重ねて私見を示したが、その後も唐陽旧蔵本を求めていくつかの図書館をたずね、探索を続けてきた。最近では、早稲田大学図書館にも、唐陽所用印が押捺された『古詩源』『遼詩話』『無声詩史』が収められていることを知り、調査に赴いている。このうち横川唐陽と森槐南の所用印が押捺された『古詩源』は、早稲田大学の教授を務め、日本近世文学や中国文学を講じた山口剛が購入したもので、『遼詩話』『無声詩史』については、菊池三九郎（玉渓、のち晩香と号した）が寄贈したものであることが確認できた。このほかに漢籍ではないが『四国霊場奉納経』を著者の唐陽自身が早稲田大学図書館へ寄贈している（受入印は大正四年一〇月一日）。いずれも直接の寄贈者の名のみが伝わり、それ以前の来歴は不明ながら、唐陽がさまざまな書物を手にしていた様子が垣間見える。殊に『遼詩話』などは珍しく、蔵書印の探索から垣間見える唐陽旧蔵本のバリエーションの豊かさは「唐宋諸家に出入し、崇奉する所一家を専ら」としなかった漢詩人唐陽の一面を伝える資料として、興味深いものがある。

ここまで二つの「序」の記述を中心に、関連する事柄を記してきたが、漢詩人としての唐陽の足跡がすべてが明らかになったわけではない。拙著『鷗外の漢詩と軍医・横川唐陽』は、ここまで紹介してきた「序」を出発点としながらも、軍医としての横川唐陽の生涯に注目しながらその事績を跡づけ、一般読者に向けて紹介するところにその力点をおいていた。それは、軍医としての足跡が、そのまま唐陽の漢詩人としての個性につながっているのではないか、という問題意識より発するものではあったが、それだけで漢詩人としての唐陽の相貌に迫れるものでもない。今後『唐陽山人詩鈔』を起点として、遺された作品を味読し、『詩鈔』と先行詩集との関係をうかがい、関係する人物の事績と作品に触れ、新聞や雑誌に作品や批評を博捜するなかで、漢詩人横川唐陽の姿をより立体的に把捉していきたいと考えている。

❖参考文献

朝日新聞百年史編修委員会編『朝日新聞社史』明治編（朝日新聞社、一九九〇年）
井関九郎『近世防長人物誌』地（マツノ書店、一九八七年）
磯野秋渚著、斎田作楽解説『なには草——浪華詩話』太平文庫三五（太平書屋、一九九六年）
入谷仙介『近代文学としての明治漢詩』研文選書四二（研文出版、一九八九年）
内山公正『我が祖父 横川唐陽』（私家版、二〇一六年）
大野広一編『日本防衛史と第十一師団の歴史』（第十一師団歴史刊行会、一九六九年）
神田喜一郎『神田喜一郎全集』八（同朋舎出版、一九八七年）
神田喜一郎編『明治漢詩文集』明治文学全集六二（筑摩書房、一九八三年）
合山林太郎『幕末・明治期における日本漢詩文の研究』研究叢書四四四（和泉書院、二〇一四年）
近藤春雄『日本漢文学大事典』（明治書院、一九八五年）
佐藤裕亮『鷗外の漢詩と軍医・横川唐陽』（論創社、二〇一六年）
佐藤裕亮「横川唐陽の蔵書印——和田清博士旧蔵『盛京通志』にみる」（『図書の譜——明治大学図書館紀要』一八、二〇一四年三月）
佐藤裕亮「半井桃水と横川唐陽」（『解釈』六三巻一・二号、二〇一七年二月）
斯文会編『斯文六十年史』（斯文会、一九二九年）

新潮社辞典編集部『新潮日本文学辞典』増補改訂（新潮社、一九八八年）
竹林貫一『漢学者伝記集成』復刻 辞書叢書三二（東出版、一九九七年）初出一九二八年
二宮俊博『明治の漢詩人中野逍遙とその周辺――「逍遥遺稿」札記』（知泉書館、二〇〇九年）
萩原正樹『「詞譜」及び森川竹磎に関する研究』（中國藝文研究會、二〇一七年）
萩原正樹編『森川竹磎「詞律大成」本文と解題』立命館大学文学部人文学研究叢書（風間書房、二〇一六年）
萩原正樹「森川竹磎年譜稿（上）」（『學林』五三・五四、二〇一一年一二月）
萩原正樹「森川竹磎年譜稿（中）」（『學林』五六、二〇一三年一月）
萩原正樹「森川竹磎年譜稿（下）」（『學林』六〇、二〇一五年三月）
秦郁彦編『日本陸海軍総合事典』第二版（東京大学出版会、二〇〇五年）初版一九九一年
日野俊彦「明治漢詩人伝記データ（稿）」（『森春濤の基礎的研究』汲古書院、二〇一三年）
藤川正数『森鷗外と漢詩』（有精堂出版、一九九一年）
藤川正数『讃岐にゆかりのある漢詩文』（私家版、一九九二年）
三浦叶『明治漢文学史』（汲古書院、一九九八年）
水原渭江『近代上方における中国文学』上、改訂版（進進堂書店、一九六七年）
山辺進「隨鷗吟社の創立に就いて――明治後期に於ける漢詩結社の活動」（『二松学舎大学東アジア学術総合研究所集刊』三六、二〇〇六年三月）
横須賀司久『漢詩人列伝』（五月書房、一九九四年）

停年名簿にみる横川徳郎の軍歴

今日、唐陽に関するまとまった伝記資料はほとんど確認されていない。彼の経歴について知るためには、彼と関係のあった人物や組織・団体、雑誌記事などに注目し、周辺から唐陽の事績に迫り、考察を深めていく必要がある。そこで注目したのが、唐陽の軍医としての側面であった。軍人の場合、『陸軍現役将校同相当官実役停年名簿』などの資料を丁寧に繙いていけば、その軍歴についてある程度正確に把握することができる。本表では、拙著『鷗外の漢詩と軍医・横川唐陽』（論創社、二〇一六年）ならびに本書の執筆にあたり参照し、その軍歴に関する記述の根拠の一つとした、防衛庁防衛研究所史料閲覧室所蔵『陸軍現役将校同相当官実役停年名簿』中、左記の資料を対象として整理した。

中央—軍事行政停年名簿7　陸軍現役将校同相当官実役停年名簿　明治二八年七月一日調　陸軍省
中央—軍事行政停年名簿9　陸軍現役将校同相当官実役停年名簿　明治二九年七月一日調　陸軍省
中央—軍事行政停年名簿10　陸軍現役将校同相当官実役停年名簿　明治三〇年七月一日調　陸軍省

中央―軍事行政停年名簿12　陸軍現役将校同相当官実役停年名簿　明治三一年七月一日調　陸軍省
中央―軍事行政停年名簿14　陸軍現役将校同相当官実役停年名簿　明治三二年七月一日調　陸軍省
中央―軍事行政停年名簿17　陸軍現役将校同相当官実役停年名簿　明治三三年七月一日調　陸軍省
中央―軍事行政停年名簿20　陸軍現役将校同相当官実役停年名簿　明治三四年七月一日調　陸軍省
中央―軍事行政停年名簿23　陸軍現役将校同相当官実役停年名簿　明治三五年七月一日調　陸軍省
中央―軍事行政停年名簿26　陸軍現役将校同相当官実役停年名簿　明治三六年七月一日調　陸軍省
中央―軍事行政停年名簿28　陸軍現役将校同相当官実役停年名簿　明治三七年七月一日調　陸軍省
中央―軍事行政停年名簿31　陸軍現役将校同相当官実役停年名簿　明治三九年七月一日調　陸軍省
中央―軍事行政停年名簿33　陸軍現役将校同相当官実役停年名簿　明治四一年七月一日調　陸軍省
中央―軍事行政停年名簿35　陸軍現役将校同相当官実役停年名簿　明治四二年七月一日調　陸軍省
中央―軍事行政停年名簿37　陸軍現役将校同相当官実役停年名簿　明治四五年七月一日調　陸軍省

停年名簿　調査日	現官	停年	任官	所管・職名	位勲功爵	年齢
明治二八年七月一日調	三等軍医	四ヶ月二六日	二八年二月四日	近衛師団兵站監部附	正八位	二七年八月
明治二九年七月一日調	三等軍医	一年四ヶ月二六日	二八年二月四日	東京衛戍病院附	正八 勲六	二八年八月
明治三〇年七月一日調	三等軍医	二年四ヶ月二六日	二八年二月四日	東京衛戍病院附	正八 勲六	二九年八月
明治三一年七月一日調	二等軍医	八ヶ月八日	三〇年一〇月二五日	歩兵第三連隊附	従七 勲六	三〇年八月
明治三二年七月一日調	二等軍医	一年八ヶ月八日	三〇年一〇月二五日 三一年一〇月二七日一等給	歩兵第十八連隊附 一等軍医職務心得	従七 勲六	三一年八月
明治三三年七月一日調	二等軍医	二年八ヶ月八日	三〇年一〇月二五日 三一年一〇月二七日一等給	歩兵第十八連隊附 一等軍医職務心得	従七 旭六	三二年八月
明治三四年七月一日調	一等軍医	七ヶ月二〇日	三三年一一月一二日	歩兵第十八連隊附 ○清国駐屯軍第一野戦病院附	正七 旭六	三三年八月
明治三五年七月一日調	一等軍医	一年七ヶ月二〇日	三三年一一月一二日	東京衛戍病院附	正七 瑞五	三四年八月
明治三六年七月一日調	一等軍医	二年七ヶ月二〇日	二八年二月四日　三等軍医 三〇年一〇月二五日　二等軍医 三三年一一月一二日　一等軍医	歩兵第一連隊附 医務局御用掛	正七 瑞五	三五年六月一二日
明治三七年七月一日調	一等軍医	三年七ヶ月二〇日	二八年二月四日　三等軍医 三〇年一〇月二五日　二等軍医 三三年一一月一二日　一等軍医	歩兵第一連隊附 医務局御用掛 ○第一師団衛生隊附	正七 瑞五	三六年六月一二日

明治三九年七月一日調	三等軍医正	一年二ヶ月一〇日	二八年二月四日　三等軍医 三〇年一〇月二五日　二等軍医 三三年一一月一二日　一等軍医 三八年四月二二日　三等軍医正	騎兵第三連隊附 名古屋予備病院附兼勤	従六 旭六 瑞五	三八年六ヶ月一二日
明治四一年七月一日調	三等軍医正	三年二ヶ月一〇日	二八年二月四日　三等軍医 三〇年一〇月二五日　二等軍医 三三年一一月一二日　一等軍医 三八年四月二二日　三等軍医正	歩兵第六十七連隊附 兼浜松衛戍病院長	従六 瑞五 旭四 功五	四〇年六ヶ月一二日
明治四二年七月一日調	三等軍医正	四年二ヶ月一〇日	二八年二月四日　三等軍医 三〇年一〇月二五日　二等軍医 三三年一一月一二日　一等軍医 三八年四月二二日　三等軍医正	歩兵第六十七連隊附 兼浜松衛戍病院長	従六 瑞五 旭四 功五	四一年六ヶ月一二日
明治四五年七月一日調	二等軍医正	一年五ヶ月一日	二八年二月四日　三等軍医 三〇年一〇月二五日　二等軍医 三三年一一月一二日　一等軍医 三八年四月二二日　三等軍医正 四四年二月一日　二等軍医正	善通寺衛戍病院長	正六 瑞五 旭四 功五	四四年六月一二日

記念対談　「父祖の遺したもの」

横川　端

聞き手：赤羽良剛・佐藤裕亮

（二〇一七年五月三一日　ホテルニューオータニ）

妻子等がこやりて幾日我が部屋の埃にほふ中に書物とり出しつ

夜川菁二

佐藤　本日はお集まりいただきありがとうございました。まずは私から、今回の対談の趣旨についてご説明させていただきます。

水師営で唐陽の筆跡を発見してから六年以上、本格的な調査・研究に取りかかり始めてから四年近くが経ち、唐陽の歩んだ人生もしだいに明らかになりつつあります。『鷗外の漢詩と軍医・横川唐陽』（論創社、二〇一六年）刊行からまもなく一年を迎え、筆者のもとにも各方面からさまざまなご意見・ご感想が寄せられています。唐陽の人生を明治期の教育制度や軍医制度など、歴史的事象を踏まえて丹念に描いたことに高い評価を頂戴した一方で、詩人としての唐陽の足跡を、その作品とともにもっと深く、克明に描き出してほしい、という要望も寄せられています。また本書を、唐陽という一明治人の生涯に、深く浸透していた漢詩文というリベラルアーツの深さを描いた作品としてお読みになり、自身に連なる祖先たちの生き様やそれを支えた「教養」に思いを馳せた、という声もいただいています。いうまでもないことですが、家庭にはじまり、その人生の過程で育まれた教養が、そのひとの人生をいっそう豊かなものにしていたであろうことは、想像にかたくありません。

一方で、横川唐陽だけではなく、兄である横川三松やその息子たち、美術評論家として知られた横川毅一郎さんや、教育者であった横川正二さんも、多彩な活動のあとを残されています。そうした一面は、経済人として長くご活躍をされ、現在、俳人としても知られる端さんの姿とも重なりあうものであるように感じられます。

本日は、本プロジェクトの振り返りにあわせて、信州横川家の中で育まれた教養の世界の一端を、父祖の思い出やご自身の経験などを通じて伺わせていただければ幸いです。

父・横川正二のこと

赤羽　教養の基礎をつくる時期に横川端さんは、満州のほうに行かれて、一定期間あちら側でそれどころではない人生を過ごされているわけで。いかがでしょう、信州横川家の教育・教養環境のようなものを実感された記憶はお持ちですか？

横川　非常に少ないのですけれども。私が生まれる前に多くの人は亡くなっていますから、直接、なにか具体的に聞かせてもらったことはほとんどないですね。いま赤羽さんのお話にあったように、軍国主義の時代に父親は満州に出かけて、その地でわずか四〇歳でこの世を去ってしまう。私はまだ一二歳で、一応のことは頭に残っていますけど、やはりまだ子供でしたし、父親も忙しかったから、家のことやものの考え方について、具体的に教えてもらう機会はなかった。結局、父親の背中を見ながら、父はこういう人だった、父祖もおそらくそういう気質で、その

◇横川正二（よこかわ・しょうじ）

一九〇三（明治三六）年九月二九日、横川庸夫（三松）の次男として生まれる。一九二二（大正一一）年に諏訪中学校（現・諏訪清陵高校）を卒業、地元四賀小学校教員として奉職。のち永明小学校・境小学校に転任。この間、作歌の他に音楽や水彩画、郷土史の研究、謄写版の出版なども手がけている。一九三一（昭和六）年、同村の矢崎郁と結婚。郁との間に端・永子・亮・竟・紀夫の四男一女をもうける。一九四一（昭和一六）年四月、満蒙開拓青少年義勇軍の渡満者を率い、満州国牡丹江省寧安県義勇隊寧安訓練所横川中隊中隊長として着任、のち西海浪龍川義勇隊開拓団長となる。一九四四（昭和一九）年六月二四日、現職のまま病没。歌集に『白膠木』がある。

【参考文献】

横川正二『白膠木――夜川菁二歌集』（私家版、一九七四年）
四賀村誌編纂委員会編『諏訪四賀村誌』（四賀村誌刊行会、一九八五年）
横川端編『遙かなり――夜川菁二を偲ぶ』（私家版、二〇〇七年）
横川端『エッセイで綴るわが不思議人生』（私家版、文藝春秋企画出版部、二〇一六年）

中であういう父親ができたんだろう、と。

どちらかといえば父は、純粋だったんですね。二五〇人の生徒たちの命を守りたい、という思いで、全部苦労を背負い込む。結局それが災いして、自分が先に命を落とす。そして遺された部下たちはほとんどシベリアに連れて行かれて、かなりの人々が亡くなっている、と。そういう状況です。

我々家族は、親父が死んだので諏訪へ帰りましょう、ということで、おふくろが三三歳で子供たち五人を連れて帰ってくるんです。昭和一九年秋のことですから、そろそろ戦争も終わりに近い時期でしたね。父親は、連れてきた自分の教え子たちがどうなっていくか、ということだけを心配して死んでいってしまい、遺言もないんですよ。だから、受けた印象だけで私たちは父親を記憶している、と。

佐藤　満州に行かれる前の正二さんは、日々をどのように過ごされていたのでしょうか。

横川　私が小学校四年生のはじめぐらいまで諏訪の古い家にいて、父親は小学校の先生として、諏訪地方の学校を転々とするわけです。音楽が好きだったと思うんですよね。あまりものは書きませんでしたが、短歌だけは熱心に取り組んでいました。郷土の歌人赤彦へのあこがれだったのかな、と思うんです。島木赤彦とアララギ――に関心をもち、その道を続けていきたいと。満州に行ってからも作っています。やはりどんなに忙しくても続けていこうという意識をもっていたようですね。しかし、私自身は作っているのを見たことがないですし……。夜遅く学校から帰ってきて、八時頃に夕食を食べたりしていました。土曜も日曜もなく生徒の父兄がやってきて相談を受けたり——というような様子で、子供から見ても、まぁ大変なことをやっているなぁと思っていましたね。

佐藤 なぜ正二さんは満州へ行く決意をされたのでしょうか。

横川 父が高等科の生徒を最後に受け持った年に、この子たちを満州へ行かせて、自分だけ後ろでただ送り出している、それではいかん。自分が先頭に立たなければいけない、と。すでにたくさん送り出していましたし、今まさに自分の教え子たちがそういう判断をしている最中でしたし、自分でもこれは国家の方向なんだからどうだ、という話を生徒や父兄にもしているので。おそらくは自分が行くから責任を持ちたい、ということまで親御さんたちに言っているはずですね。それで編成をして二五〇人、これは諏訪だけではなく、長野県の諏訪・伊那・安曇三郡からの応募者をつれていくわけです。それで、茨城県の内原で集団訓練を受けて、決心覚悟を新たに、その全部を引き連れて満州へと渡っていく。

赤羽 訓練というのは農業訓練ではなくて軍事訓練のようなものでしたか。

横川 いや、かならずしも軍事訓練ではないですね。むしろ心構えみたいなものが中心の、合宿生活に慣れさせることに主眼があったのではないかと思うんです。それにまだ一五歳ですからね。

――で、みなに送られて父たちが満州にわたってから半年ぐらいして、落ち着いたからこっちに来なさい、ということで一家を挙げて行くわけです。

もちろん、必ず家族を呼ばなければいけない、というのではなかったけれども、父親は家族を呼んでここで暮らさせようと。母親もそう言われる以上は行かざるを得なかったんですよ。決して喜んで行ったのではなくて――あまり丈夫じゃなかったんです。向こうに行ってから病気もしましたし。そんな苦しい状態で、ほとんど一日中、夫の顔を見ることさえできないような状態で暮らすわけです。もちろん我々は幹部の家族ですから、小さいながらも部屋を与えられて。六畳一間に六人ですよ。そんな生活が四年間近く続きました。

訓練期間は三年間、そこで実際の生活と農業・軍事両方の訓練生活をして、いずれは農業へ帰っていく。相当大きな土地が用意されて、今度は開拓団という名前に変わります。それが当時の義勇軍の人たちの普通の形でした。訓練期間が終わってからも父親は苦労を重ねて、結局は過労で亡くなった。当時はまだ、日本は戦争に負けていたわけではなく、ソ連も来ていませんでしたから、立派な葬式をしてもらいました。それから、その先も面倒をみてくれるだろうという気がしていたら、そうもいかなくなって、我々は信州へと戻ってくるのです。満州へ渡る時にほとんどの資産を捨てていきました。帰ってくるときも手荷物だけ、最低限度の生活しかできないようなものしか持たないで――しかし、帰ってきても家がない。

帰国、伝え聞いた父祖のことなど

横川　昭和一九年の秋に帰ってきて、翌年の夏に戦争が終わる。我々は仕方がないので、祖父の家に転がり込んだのです。祖父、矢崎末吉は母親の父にあたります。矢崎家は小さな農家でしたけれども、やや学問的な所のある祖父で、記録はずいぶん遺していましたね。またその祖父から横川についても聞かされました。もっとも、そんなにたっぷりとではなくて、こういう家柄なんだよ、とか、こういう風な人たちだったんだよ、と。

いろんな人たちの話を総合すると、祖父の横川三松という人は、大酒飲みで詩をつくって暮らしていたようです。そして金が足りなくなると家屋敷や土地を売りながら、「あそこもここもみんなうちのものだった」と。詩を作り、村長など村役を務めていたようです。唐陽、徳郎叔父さんというのは、ちらっと名前がでたけれども、どういう人かまったく我々にはわからなかった。ただ、軍医がいたということだけは確かに聞いていたけれども、それがどのような人であるかは知らなかったし、その人が徳郎さんであることにまでは、繋がっていなかったですね。

佐藤　――なるほど。

横川　母親の妹で、独身のまま九〇歳近くまで村で生きた叔母がいたのですが、この人が村やあちこちから聞いた話をもってきて、我々に分けてくれていたんです。それで徳郎さんの名前は家内も知っていて。そちらの叔母から聞いてるんですよ、横川徳郎という名前を。大連に行った時に、あっ、と言ったのは家内だったんですからね。ぼくじゃなかったんですよ。叔母は矢崎敏子といって、郵便局の特定局長をして、最終的に学問とは関係のなかった人です。

赤羽　奥様は横川家や矢崎家のご出身ではないのですよね。

横川　私の家内は諏訪湖を挟んで向こう側、下諏訪で生まれ、私は茅野に近いほうですから。湖水の向こう側とこちら側になります。

墓参、横川正二の面影

赤羽　お父さんのところへお墓参りをしたことがない、というので、少し余裕のできた二〇年ぐらい前に満州へ行かれたそうですが。

横川　もう記憶が遠くなっていますけどね。父は満州の畑の中で火葬にしたんですよ。それをぼくは覚えています。ここで親父が燃えている——という。それで長い時間は見ていられず、あとからそこへ行って骨を拾っていたのですけれど。後年その場所を訪れた時に、地元の中国人が横川先生のことはまだよく覚えている、といってくれて。それで非常に感動しましたね。

それがどういうことを意味しているのかというと、父親には、軍国主義的で侵略的な日本人像からすると、意外にも、そういう面がなかったんですよ。自分の教え子たちが満州人をいじめたり、非常に横暴なことをやって、たとえば休みの日に村へ行って何かを脅し取ってきたとか、そういうことを非常に厳しく取り締まって、「それはちがう」と。信念で、いまこの戦いは正しいと思って国家に協力しているけれども、圧迫された人たちに対して人道に反することをやってはならん、と。だから比較的事件は少なかったと思いますし、そうやって覚えてくれていて、あとを慕ってくれる人もいた。それは今から考えてみると、親父の良い面だったなぁというふうに思いますすね——どこからかそういう血が流れていて、毅然としているべきだ、と。

伯父・横川毅一郎のこと

横川　伯父の横川毅一郎がですね、我々に言ってくれたことの中で一つ覚えているのが、きみたちは士農工商の商に行くんだから。うちはもとは侍だ、商の世界はいちばん下の世界なんだから、そこで商売することはどういうことかよく頭に置いてやりなさい、変なことはするなよ。要するに、儲かれば何でもいい、というようなことはしてはいけないんじゃないか、というようなことを再三にわたって言っていましたね。だから気位を失ってはいけないとか、尊厳とか、そういうことも言ってくれていたような気がします。

いわば先祖から魂のようなものを受け継いでいるんだということは、兄弟四人のどこかにあって——もちろん母親もそれは承知していたと思うんです。そんなふうに繋がっているのかなあという気がします。

佐藤　横川毅一郎さんというと美術評論家として有名ですが、お話をされる機会は多かったのでしょうか。

横川　毅一郎伯父の所に行き始めたのが、小学校一年にあがる前ぐらいだったたか、まさに子供で。父親が連れて行ってくれて、そこではじめて会うんですね。それ以降は我々も満州に行ってしまい、帰ってきてもそれどころではない、という状態ですから。その間かなり途切れていました。我々が少しずつ仕事をはじめるようになろうとしていた頃——私はサラリーマンをしていましたが、下の弟たちがやっと世の中に出たころに、伯父の所に行って話をきかせてもらったり、昼飯を食べさせてもらったりしていました。我々にはよくわからなかったけれども、美術のことを語り、またしっかりと取り組んでいて、名前もある人なのだな、そして、たぶん親父

◇横川毅一郎（よこかわ・きいちろう）

一八九五（明治二八）年二月二八日、横川庸夫（三松）の長男として生まれる。諏訪中学校（現・諏訪清陵高校）に学び、のち上京し東京美術学校図画師範科に入学するが、一九一七（大正六）年に中退。美術批評家として活動する傍ら「やまと新聞」「国民新聞」に勤務し、一九二五（大正一四）年には「中央美術」の編集長となる。同誌休刊後も美術批評家として旺盛な活動をみせ、東洋美術や日本画に関する多くの論説を発表、一九四〇年代には川端龍子のもと新京美術院の設立に関わり、美学美術史を講じた。戦後も批評家・文筆家として活躍し、一九七三（昭和四八）年五月二〇日、死去。著作に『支那画人伝』『光悦』『評伝川端龍子』『福田平八郎』『日本の名匠』などがある。

【参考文献】

河田明久「横川毅一郎――美術と社会、美術の社会」（「近代画説」一一号、二〇〇二年一二月）
河田明久編『横川毅一郎』美術批評家著作選集一〇（ゆまに書房、二〇一一年）
横川文雄「ドイツ語事始」（「上智大学ドイツ文学論集」一六、一九七九年一二月）

のつもりで話してくれているのだろうな、という思いはありましたね。

ただそのあとは、伯父との接触は少なかったんですよ。結局、亡くなってから、もう少し話を聞いておきたかったという気はしましたが、こちらもビジネスをしているものですから、そういうチャンスはないままになってしまった。それが今頃になってこうして出てくるわけですから、不思議といえば不思議ですよね。

赤羽　毅一郎さんはやはり、商いにいくのは反対だよって気持ちがあったのではないかと思うんですよね。反対だけど、どうしてもやりたいならマイナスになるような商売だけはやめてくれ。むしろ社会のためになるような、そういう事業をしてほしい、と望んでおられたのかもしれませんね。

ぼくの若いときの記憶だけれども、新しくお店を出す際、店のオープンカットの前の晩に、付近の児童養護施設の子供たちを招いて、料理を振る舞ったりしていましたね。ぼくはそれをすかいらーくのＰＲに使いたいと思ってその話をしたら、「それだけはやめてくれ」って。これは僕ら兄弟で決めてやっていることだ。自分たちがまともに食えない時代があって、今、といっても三〇年以上も前の話ですけど――好きな物を食べられない子供たちがいるのなら、少しでもお役に立ちたいと。だからＰＲはしないでほしい、といわれたんですね。

横川　そんなことといったかしらね（笑）

赤羽　実際かなりやっていましたよね？

横川　ええ、やっていました。

赤羽　その話を聞いたときに、まだいくつかあるんですけれども――なるほど毅一郎さんという伯父さんにいわれた、社会のためにという経営のあり方を、そういう所でも具体的に体現されていたのだなと、そういうことを強く感じました。

横川　たとえば一人でやっていると、そういうことに対してあんまり気が回らないかもしれません。四人でやっていると、ちょっとまてよ、その話はおかしいじゃないか――とか相互牽制が働いたんですよね。あとは、やっぱり親やいろんな経験をもつ人たちから受けてきた影響がどこかにあって、それで、そういうことだけは大事にしよう、というものが共通の中にあったんだと思う。もし親父が、それをいつも懇々と説いて聞かせていたら、逆に反発していたかもしれませんよね。冗談じゃないよ、世の中はそんなに簡単な話じゃないよ、って（笑）

やはり、そうして受け継がれたものが作用してくると、そうかもしれない、というような感じがしてくるのかもしれませんね。

そんな立派な意思でやっていたわけではないけれども、そうしようと思うことは、どこからか、そういう声が聞こえてくるんじゃないかと思うんですよね。その、声なき声が。こういう家系に生まれたという、いわば宿命みたいなものがあって、そんなことが繋がってきたのかなぁという気がしないでもないですね。

大それたことを考えているわけではないけれども、自分の人生のおしまいにあたって、唐陽のことも含め、様々な事柄がこのようにして出てきてくれる、というのは、自分としてはもう思い残すことはないような気がしています。

赤羽　人生の中で非常にいいタイミングでいろんなことがおきてきて、それはかなり運命的でもあるような気がするけれども、一般のぼくらであれば、その時々に起きてくることが、そういうチャンスとしてつかまえられたかというと、そうではないかもしれないな、と。ある種の運命のつかまえ方、その時々のタイミングのキャッチの仕方がすごいな、という気がしますね。

佐藤　ありがとうございました。

あとがき

学校教育における歴史や文学の授業に、あまり面白みを感じないという言葉を、これまでにもたびたび耳にしてきた。理由は様々であろうが、私などは最近、多くの場合そこに載せられている事柄と現在を生きる自分との間に、何か埋めがたい間隙があるからではないのか。すでに過ぎ去った時を生きた、今ではないいつか、自分ではない誰かの物語に対して、唐突に関心をもてというほうが無理なのだ――そんなふうに考えるときがある。

私自身、二〇一三年の三月に調査をはじめる以前から、横川唐陽をはじめとする明治・大正期の漢詩人たちに深い関心を抱いていたわけではない。だが、横川端氏の随筆「父祖が呼んだ旅順」や『唐陽山人詩鈔』の「序」を読み、図書館に通いながら情報を積み上げていく中で知的好奇心の芽生えを感じ、しだいに唐陽という人物に惹かれていった。人生という一度きりの舞台を、この人物はどのように生き抜いたのだろうか――横川端氏と唐陽との出会いが水師営であったことを踏まえて、まずは軍医としての相貌を明らかにし、次いで詩人としての足跡を明らかにしていきたい。そのように考え、折にふれて唐陽の出身地である諏訪や、軍医として勤務した浜松、名古屋、善通寺などをめぐり、その土地の空気に触れて、またあらためて机に向かい、資料と向き合う日々を重ねていった。唐陽と私との距離は少しずつ埋められ、その一応の到達点として「漢詩人横川唐陽とその周辺」を執筆、二〇一四年一〇月一五日の早朝に脱稿し、横川端氏と赤羽良剛氏に呈した。

この原稿がのちに『鷗外の漢詩と軍医・横川唐陽』（論創社、二〇一四年）へと発展していくことになるのだが、私には、採り入れるべき視点がまだ多く残されているように感じられた。当時、日本近代史の側では「地域社会と軍隊」をとりあげた様々な論考が公にされ、吉川弘文館からは「地域のなかの軍隊」シリーズの刊行が始まり注目を集めていたし、唐陽が日露戦争等に従軍していたという点からみれば、従軍した人々の手記や回想を活用する方法も、模索していく必要があった。軍事史や衛生史の視点も外せない。若き日の唐陽が受けた教育や学習環境については資料が乏しいため、教育史や郷土史の成果を参照しつつ、周辺の状況を含めて記述していく必要がある。そのためにはもう少し時間がほしい――横川端氏も赤羽良剛氏もそんな私の気持ちを受けとめて、そっと後押しをしてくださった。

増補作業は二〇一六年一月一六日の脱稿直前まで続けられた。

刊行後しばらくの間は、早稲田大学所蔵の唐陽旧蔵本の調査に出かけ、「半井桃水と横川唐陽」と題する小文を書きながら、今後の研究の行き方について模索を続けていた。かつて浜松、善通寺と旅する中で『唐陽山人詩鈔』の分厚いコピーを持ち歩き、かつて唐陽が訪れたであろう場所を探索して歩いたが、その作品の一つ一つを『鷗外の漢詩と軍医・横川唐陽』の中で十分に取り上げられなかったのは、やはり心残りであったし、軍医としての事績についてもまだまだ考究の余地が残されていた。それだけに、『唐陽山人詩鈔』の影印を中心とした本書の企画は、横川唐陽と再び向き合うための新しい基盤をあたえるものとなった。今、その全作品を訳出することは難しい。けれども研究・観賞の道を拓き、唐陽の作品そのものを確実な形で後世に伝えていこうという試みは、けっしてむだにはならないはずだ。

文学研究は作品を「読む」ことにより開始されるべきである、という主張は、おそらく文学研究のもっともオーソドックスな立場のひとつであろう。しかし作者が文学史上に知られる人物ではなく、また作品が作者の生活や人々の交友に根ざしたものである場合はとくに、伝記研究がきわめて大きな意味をもつ。実際に『唐陽山人詩鈔』を通読してみると、唐陽が軍医として赴任した地域にゆかりのあるものが散見され、そこに唐陽の軍医としての経歴を重ね合わせることで、作品が詠まれた時期を推定できるものがある。また、詩を介したさまざまな人々との交遊が垣間見えるものもあり、作品を通じて伝記研究をより豊かなものに発展させていくこともできる。

そこで本書では、漢詩人・横川唐陽の作品を収めた『唐陽山人詩鈔』の「影印」を収め、作品研究のための礎を提供するとともに、『鷗外の漢詩と軍医・横川唐陽』執筆の過程で作成した訳注や資料を「解題」として収録することで、作品を観賞・研究するための基盤を提供することにした。索引等については今後の課題だが、これにかわるものとして本書の冒頭に「『唐陽山人詩鈔』細目次」を掲げたのでご活用いただきたい。

それとともに書き残しておきたかったのが、この研究の契機となった縁とそれに連なる人々のことである。本プロジェクトの経緯については、すでに前著でも紹介したので繰り返さないが、その間に幾度となく行われた横川端氏や赤羽良剛氏との語らいのひとときも、このプロジェクトを物語る一幕として、なんらかの形で記録しておきたいと考えていた。『鷗外の漢詩と軍医・横川唐陽』第二章「横川唐陽の前半生」の中に、横川唐陽の兄横川三松とその子供たちについて記した部分がある。三松は唐陽とは違い諏訪で漢詩人として生きた人物だが、教養に重きを置く気風をうけて、長男の横川毅一郎は上京し美術評論家として活躍し、次男の横川正二は信州に留まり教育にその一生を捧げている。本企画の記念として、横川端氏にこの二人の事績を含めて語っていただいた際の記録が、記念対談として収録した「父祖の遺したもの」だ。三松・唐陽兄弟に連なるもう一つの物語として多くの方に読んでいただきたいと思っている。

最後に、本書のために『唐陽山人詩鈔』をはじめとする各種資料をご提供いただき、かつ、快く対談に応じてくださった横川端氏、本書の企画にあたり種々ご高配を賜りました赤羽良剛氏、刊行をお引き受けいただいた論創社の森下紀夫氏と永井佳乃氏に心より御礼申し上げます。

二〇一七年七月一七日

佐藤裕亮

横川唐陽略年譜（稿）

西暦（和暦）	年齢	関連事項
一八六八（慶応三）年	一歳	慶応三年一二月二〇日（陽暦では一八六八年一月一四日にあたる）、横川唐陽（徳郎）、父横川庸義、母さきの次男として信州諏訪郡神戸村に生まれる
一八七三（明治六）年	七歳	三月、頼重院に神戸学校が設置される 六月、神戸村「官立学校設置伺」を提出「第三十八区第二十七番小学至善学校」設置を願い出る
一八八六（明治一九）年	二〇歳	四月一〇日、中学校令公布
一八八七（明治二〇）年	二一歳	九月、高等中学校医学部設置 この頃より漢詩を森槐南に師事。同門に野口寧斎、落合東郭、関澤霞庵らがいた
一八九〇（明治二三）年	二四歳	九月、森槐南、漢詩結社「星社」を復興し盟主に推される 唐陽も槐南門下の一人としてこれに参加
一八九一（明治二四）年	二五歳	平田耕石と共に『鷗夢新誌』の補助員となる
一八九三（明治二六）年	二七歳	九月、第一高等中学校医学部の卒業試問を受ける
一八九四（明治二七）年	二八歳	五月、陸軍省医務局御用掛となる 八月、日清両国が宣戦布告（日清戦争）

一八九五（明治二八）年	二九歳	二月四日、三等軍医となる 四月一七日、日清講和条約（下関条約）締結 七月三日、台湾平定作戦に従軍するため宇品を発ち台湾へ 七月八日、基隆兵站病院付 この頃、同門の野口寧斎『大纛余光』を刊行、唐陽の漢詩も掲載される 九月八日、台北兵站病院付 九月一六日夜、唐陽、台北で森鷗外と面会
一八九六（明治二九）年	三〇歳	この頃、東京衛戍病院付として勤務 六月、明治三陸地震発生。唐丹村にて救災活動に従事
一八九七（明治三〇）年	三一歳	一〇月二五日、二等軍医となる
一八九八（明治三一）年	三二歳	この頃、歩兵第三連隊付として勤務
一八九九（明治三二）年	三三歳	この頃、歩兵第十八連隊付一等軍医職務心得として勤務 四月、槐南主催の『新詩綜』印行開始。二集以降、唐陽の作品たびたび掲載される
一九〇〇（明治三三）年	三四歳	一一月二二日、一等軍医となる
一九〇一（明治三四）年	三五歳	平田多七の長女イチ子と婚姻。二月八日婚姻届 二月二六日、長男 官一 誕生 六月一〇日、小倉にて森鷗外と面会 この頃、清国駐屯軍第一野戦病院付として勤務
一九〇二（明治三五）年	三六歳	この頃、東京衛戍病院付として勤務 三月、岸上操『明治二百五十家絶句』を刊行。唐陽・雲波の作品も掲載される 二月四日、唐陽、戦時衛生事蹟編纂委員を命ぜられる 七月、『游燕今体』を刊行

一九〇三（明治三六）年	三七歳	一月六日、次男 新 誕生 この頃、歩兵第一連隊付兼医務局御用掛として勤務 一一月二四日、長女 マサ子 誕生
一九〇四（明治三七）年	三八歳	日露戦争勃発。第一師団衛生隊医長として出征 八月一九日～二四日、第一次旅順総攻撃 九月一九日、第三軍旅順要塞への攻撃を再開 一〇月二六日～三一日、第二次旅順総攻撃
一九〇五（明治三八）年	三九歳	一月二日、水師営で旅順開城規約の調印が行われる 三月一日～一五日、奉天会戦。第一師団衛生隊感状を受く 四月二二日、三等軍医正となる 四月二九日、野口寧斎死去、『百花欄』廃刊 九月五日、ポーツマス条約調印、日露戦争終結
一九〇六（明治三九）年	四〇歳	この頃、名古屋予備病院付兼騎兵第三連隊付として勤務
一九〇七（明治四〇）年	四一歳	陸軍省医務局、『明治二十七八年役陸軍衛生事蹟』刊行 七月二日、三男 文 誕生
一九〇八（明治四一）年	四二歳	歩兵第六十七連隊付兼浜松衛戍病院長として勤務
一九〇九（明治四二）年	四三歳	六月二九日、妻イチ死去 七月二日、鷗外、唐陽の妻イチ死去の報に接し、弔辞を贈る
一九一〇（明治四三）年	四四歳	樺正薫の養女タイと結婚。六月一九日、婚姻届
一九一一（明治四四）年	四五歳	一月、第十一師団善通寺衛戍病院長となる 二月一日、二等軍医正となる。同月『論俳絶句』を刊行 三月七日、森槐南死去 八月七日、四男 善 誕生

一九一三（大正二）年	四七歳	五月一六日、五男 揖五 誕生
一九一五（大正四）年	四九歳	九月、『四国霊場奉納経』を刊行 一二月二三日、第七師団軍医部長となる
一九一六（大正五）年	五〇歳	四月、『揖五山館集』を刊行。鷗外、同書の内題を揮毫 一一月一五日、一等軍医正となる
一九一七（大正六）年	五一歳	七月一〇日、六男 忠美 誕生
一九一八（大正七）年	五二歳	四月一日、予備役編入。退役後医院を開業
一九二二（大正一一）年	五六歳	火災に遭い蒐集の典籍・書画、詩稿を失う 七月九日、森鷗外死去
一九二三（大正一二）年	五七歳	一〇月二〇日、『唐陽山人詩鈔』を刊行
一九二九（昭和四）年	六三歳	一二月一二日、横川唐陽死去。戒名 徳信院忠鄰唐陽居士

❖編者紹介

横 川 端（よこかわ・ただし）

1932年長野県諏訪郡四賀村（現・諏訪市）生まれ。1941年旧満州牡丹江省に移住、1944年帰国。1946年旧制諏訪中学（現・諏訪清陵高校）入学。1947年家庭の事情により同校中退後、大和工業（現・セイコーエプソン）入社。1962年有限会社ことぶき食品を兄弟で立ち上げる。1974年株式会社すかいらーくに称号変更。1988年東京交響楽団理事長就任（現・会長）、2002年すかいらーく役員退任。

著書に『ひばりよ——すかいらーく社内報巻頭言集』、『エッセイで綴るわが不思議人生』（文藝春秋企画出版部）、句集に『牡丹』（ふらんす堂）、『白雨』（遊牧舎）などがある。

佐 藤 裕 亮（さとう・ゆうすけ）

1983年東京都練馬区生まれ。2006年大正大学文学部史学科卒業、2008年明治大学大学院文学研究科史学専攻アジア史専修博士前期課程修了、2016年同博士後期課程単位取得退学。学部・大学院を通じて東洋史（中国仏教史）を専攻、近年では明治～大正期の陸軍軍医・漢詩人横川唐陽に注目し、調査・研究を進めている。

著書に『鷗外の漢詩と軍医・横川唐陽』（論創社）、主要論文に「梁啓超の経録研究をめぐって」（『明日へ翔ぶ２』風間書房）、「戦時体制下のアジア仏教史」（「図書の譜」17号）、「魏晋南北朝時代における一仏教僧の修道」（「文学研究論集」41号）などがある。

横川唐陽『唐陽山人詩鈔』本文と解題

二〇一七年一一月一五日　初版第一刷印刷
二〇一七年一一月一九日　初版第一刷発行

編　者　横川　端
　　　　佐藤裕亮

発行者　森下紀夫
発行所　論創社
〒一〇一-〇〇五一
東京都千代田区神田神保町二-二三　北井ビル
電　話〇三-三二六四-五二五四
FAX〇三-三二六四-五二三二
web. http://www.ronso.co.jp/
振替口座　〇〇一六〇-一-一五五二六六

装　幀　宗利淳一
印刷・製本　中央精版印刷
組　版　フレックスアート

ISBN978-4-8460-1648-7

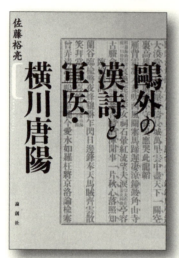